人でなしの恋

布引左内影御用

和久田正明

時代小説文庫

JN150991

角川春樹事務所

目次

主な登場人物

布引左内《ぬのびきさない》
北町奉行所の定町廻り同心。馬面でどこか間が抜けて見える面相で、『昼行燈』で通っている。実は中西派一刀流皆伝の腕前で、人知れず法で裁けぬ悪人を粛清している。

布引田鶴《ぬのびきたづ》
左内の美人妻。箏曲の腕は並ぶものがなく、旗本の娘たちに伝授している。やや見栄っ張り。

布引坊太郎《ぬのびきぼうたろう》
左内と田鶴の長男。賢い上に美形の少年。去年から寺子屋に通い始める。

お勝《かつ》
左内が行きつけの、居酒屋『放れ駒』の女店主。色黒だが艶のあるバツイチ美人。

お雀《すず》
左内の手先で非業の死を遂げた、長次が遺した娘。右足が不自由だが、推理力に優れる。

音松《おとまつ》
左内の手先でもある暦売り。色白でのっぺり顔。

大鴉の弥蔵《おおがらすのやぞう》
五年前から大店ばかりを狙って押し込みを重ねる凄腕の盗賊。誰一人疵つけず、無血で大金を奪う、美学の持ち主。

人でなしの恋

布引左内影御用

第一章　機織娘《はたおりむすめ》

一

慶長《けいちょう》年間、五街道の一つ中山道《なかせんどう》が開通すると、下板橋村《しもいたばしむら》は江戸からの最初の宿である板橋宿となり、江戸《えど》四宿《ししゅく》の一つとして大いに栄えた。

宿場は江戸側から、平尾宿《ひらおしゅく》、中宿《なかしゅく》、上宿《かみしゅく》からなり、参勤交代《さんきんこうたい》で通過する大名は三十余家にも及んだ。そのために本陣一、脇本陣三が備わっていて、料理屋、休み茶屋が軒を重ね、旅籠《はたご》は五十余軒もあった。

飯盛女《めしもりおんな》も百五十人までが認められ、飯盛旅籠の多くは、平尾宿にあって、吉原《よしわら》同様の張見世《はりみせ》である。ゆえに吉原から都落ちしてきた花魁《おいらん》が、幅を利かせたりもしている。

また地の利もよく、日本橋《にほんばし》へ二里八丁、内藤新宿《ないとうしんじゅく》へ二里、川越《かわごえ》に八里で、東は滝野川村《たきのがわむら》、西は前野村《まえのむら》、北は十条村《じゅうじょうむら》となっている。

西の外れに縁切榎《えんきりえのき》という名物があって、太さは五抱えもあり、一丈ほど上から大枝が二股《ふたまた》に分かれている。これは曰《いわ》く因縁《いんねん》のある榎で、ここを通る人はなぜか早死にするとの言い伝えだ。通ってはいけないのである。

その縁切榎の近くに、機屋《はたや》の雁治屋《がんじや》はあった。

折から縮緬《ちりめん》が流行《はや》りで雁治屋の景気はすこぶるよくて、機織《はたおり》の音が一日中絶え間ない。

主《あるじ》は喜和蔵《きわぞう》、女房はお繁《しげ》、見張り役の男衆を五、六人雇っている。見張り役というのは女工が時折脱走するから、追いかけ役が必要なのだ。女工たちは厳しい機織の仕事に音《ね》を上げ、脱走を計るのである。

この頃女工という呼び方はないが、わかり易《やす》くあえてそう呼ぶ。女工の数は今のところ三十五人で、それでも雁治屋では人手が足りないそうな。

大きな家の三が二（三分の二）は機織のための仕事場で、女工たちの部屋は二階に四帖《よじょう》間が七つあり、今は五つを使っている。つまり一部屋に七人をすし詰めにしているのだ。残りの二部屋は増員になった時に備え、空室にしてあった。

喜和蔵、お繁夫婦、それに見張りの男衆は広々とした一階を好きに使っている。広い敷地の裏庭には土蔵が二棟建っていて、織り上がった商品を収納してある。

時節に関《かか》わらず、女工たちは明け六つ（午前六時）に起き、六つ半（七時）には仕事場へ出て機織を始める。

飯は三食つくが休憩《きゅうけい》はなく、働きづめに働いて暮れ六つ（午後六時）にようやく解放される。内湯があり、入れるのは三日に一度という決まりである。

日給に均《なら》して二十文のうち、十三文を飯代に取られ、さらに宿代として四文を引かれるから、手許《てもと》には三文しか残らない。

飯といっても乾《ほ》し菜《な》の雑炊粥《ぞうすいがゆ》ばかりで、米は黒く、味わいも何もない。栄養がよくないので総じて娘たちの顔色は悪く、月のものが遅れることもしょっちゅうだ。

小夜《さよ》は雁治屋に奉公に来て一年になるも、劣悪で奴隷的《どれいてき》な職場に、心底嫌気がさしていた。

在所は飛鳥山《あすかやま》近くの王子村《おうじむら》で、水呑《みずの》み百姓の実家にはふた親と、小夜を含めると十人の家族がひしめいていた。

そんななかで、小夜は幼いうちから王子村の金輪寺《きんりんじ》住職から読み書きを教わっていた。向学心の旺盛《おうせい》な娘なのだ。

ある時、ふた親が小夜を板橋の女郎屋に売る密談をしているのを聞いてしまい、家を出る決意をした。その話が纏《まと》まる前に村の世話役に相談し、奉公先を探して貰《もら》った。

雁治屋が女工を募っていることがわかり、世話役に口利きを頼んだ。話はとんとん拍子《びょうし》に進み、雇い入れが決まった。ふた親は当ての外れた顔になり、雁治屋がくれた支度金を不服そうに受け取った。女郎屋の方がもっと金になるからだ。

しかしふた親は小夜の独断に文句は言わなかった。ふた親は共に愚図《ぐず》でうだつが上がらず、他人にも、自分の子供にさえもはっきりしたことが言えない性分だった。

しかし小夜は雁治屋に来て三月で、もう逃げることを考え始めた。逃げれば実家に累《るい》を及ぼすことは承知していたが、もうそこに戻る気はなく、十七歳の乙女らしくどこか違う新天地を夢見た。

せっせと貯《た》めた一日三文の手取りは、そこそこの金高になっていた。

一年の間には気の許せる仲間も出来て、今年になってから逃げる決意を打ち明け、賛同を得た。おなじ歳《とし》のお里《さと》とお君《きみ》の二人だ。生まれ育った環境も似たりよったりだった。器量は小夜が抜きんでていて、お里とお君はやや劣った。

梅が咲き始めたある日の夜、三人は脱走を決行した。寝静まるのを待って身支度を整えた。三人は食い物のせいで痩《や》せこけ、目は落ち窪《くぼ》んで、軒下で拾われるのを待つ猫のように貧相だった。

小夜は木綿《もめん》の襤褸《ぼろ》を着て髪をひっつめにして、私物を入れた風呂敷《ふろしき》を首に巻いた姿だ。

階段を音を忍ばせて降り、勝手口から外へ出た。だが庭を突っ切ったところで、早くも見張りの男衆に見つかった。たちまち怒鳴り声や罵声《ばせい》が飛んで、娘たちは必死で逃げた。捕まったらどうなるかわかっていた。男たちに乱暴され、喜和蔵の前に引き出されるのだ。その後のことは考えたくなかった。喜和蔵は強欲で残忍な男だった。

やむなく三人は散らばったが、すぐにお里とお君の悲鳴が上がった。小夜は立ち止まらずに縁切榎の所まで逃げ延びた。しかしその先には広大な田畑が広がっていて見通しがよく、いくら夜でもすぐに見つかると思った。

月の明るい晩だった。

そこで一計を案じ、小夜は身を屈《かが》め、地を這《は》いながら雁治屋の方へ戻った。敷地内へ入って勝手口を開け、土足で上がり、納戸に並んだ鍵《かぎ》のなかから土蔵のそれを手に取った。この家のことは何から何まで知悉《ちしつ》していた。

裏庭を突っ走り、土蔵の扉を鍵で開け、なかへ忍び込んだ。暫《しばら》く土蔵に身をひそめ、追手をやり過ごそうと考えた。土蔵の内部は織物が山と積まれ、ひんやりとしていた。織物はすべて小夜ら女工たちが織ったものだ。

息をひそめていると突如《とつじょ》扉が開き、喜和蔵の黒い影が踏み込んで来た。どうしてここがわかったのか、小夜は絶望感に打ちのめされて積荷の陰で身を縮めた。生きた心地がしなかった。

「やい、誰《だれ》か居るのか。どうして蔵の戸が開いてるんだ」

疑心をみなぎらせた声で喜和蔵が言い、じっと気配を窺《うかが》っているのがわかる。小夜は息さえも止めていた。やがて喜和蔵は不安に突き動かされたように足早に奥へ進み、長持《ながもち》をどかして床板の把手《とって》をつかんで板を上げた。そんな所に秘密の隠し穴があるとは、さすがの小夜も知らなかった。

物陰から見ていると、喜和蔵は穴蔵から黒漆《くろうるし》の文箱《ふばこ》を取り出し、房紐《ふさひも》を解《ほど》いてなかを調べる。何やら書付けが入っていて、喜和蔵はそれを確かめるとほっと安堵《あんど》の息を漏《も》らした。

その時、小夜が物音を立ててしまった。

喜和蔵がぎらっとこっちを見て、近づいて来た。逃げる間もなく、小夜は喜和蔵に見つかった。

「てめえ、なんでここに居るんだ。逃げる先が違うじゃねえか。これを狙《ねら》ってへえったのか。そんなこともあろうかと駆けつけて来てよかったぜ。てめえ、誰の差し金だ」

文箱を翳《かざ》して言った。

なんのことかわけがわからず、小夜は恐怖でものも言えなかった。その姿が怯《おび》えた小動物のように見えたのか、喜和蔵は劣情を催した。

「おれん所から逃げだすなんてとんでもねえ考えだぜ。お仕置きをしてやらなくちゃいけねえな」

　小夜の前にそそり立ち、これ見よがしに寝巻の前をはだけ、下帯をずらした。下腹部に変化が起きている。

　喜和蔵が吼《ほ》えて小夜に飛びかかり、組み敷こうとした。酒臭い息に小夜は鼻を曲げて叫び、懸命に抗《あらが》う。喜和蔵が小夜の乳房をつかんで揉《も》みしだいた。

　その刹那《せつな》、喜和蔵が絶叫を上げた。

　小夜が自分の髪から引き抜いた赤い玉かんざしを、喜和蔵の片目に突き刺したのだ。数年前に王子村の縁日《えんにち》で買った安物だった。どくどくと血を流し、喜和蔵は片目を押さえて転げ廻《まわ》った。

　それまで抑《おさ》えていた小夜の感情が爆発した瞬間だった。不当に安い賃金でこき使い、ろくなものも食わさずに奴隷のように扱ってきたことへの怨《うら》みつらみだ。かんざしでさらに喜和蔵の躰中《からだじゅう》を刺した。とっくに息をしていないのに、小夜はしばらく喜和蔵を惚《ほう》けたように刺しまくった。やがて静寂が戻り、小夜はわれに返って茫然《ぼうぜん》と立ち尽くした。

そこでふっと喜和蔵の脇に落ちた文箱に目をやった。隠し穴にしまい込むほどの大事な宝なのか。なかを開くと、一通の古びた書状が入っていた。黄ばんで所々虫食いがあり、かなりの古さを物語っている。

書状に読み入る小夜の顔色が変わった。

「これって……」

驚愕《きょうがく》の声が漏れ出た。

二

江戸に宇宙人のような家族がいた。

八丁堀《はっちょうぼり》同心の一家、布引左内《ぬのびきさない》、妻女田鶴《たづ》、一子坊太郎《ぼうたろう》である。

左内は北町奉行所定町廻り《じょうまちまわり》同心で、三十俵《ぴょう》二人扶持《ぶち》の下級武士だ。定町廻りは市中見廻りと警邏《けいら》が主なお役で、犯科《はんか》を未然に防がねばならない。

田鶴は与力《よりき》の娘であり、活計《たづき》の助けに、時折出掛けては旗本家の子女に箏曲《そうきょく》を教えていた。琴《こと》の名手なのだ。坊太郎は九歳になったばかりで、近くの寺子屋へ学問を習いに通っている。

使用人はおらず、一家は三人のみである。

その日の朝も左内と坊太郎は朝餉《あさげ》の膳《ぜん》に向かい、田鶴が甲斐甲斐《かいがい》しく給仕をしていた。

一般的な武士の家庭では男が先に食べ、女は後刻台所で、というのが習わしだ。

左内は馬面で、至極平凡で尋常な面立ちの持ち主だが、一見しただけでは内面に秘めた強烈な個性はわからない。何事にものらりくらりと躱《かわ》す風に見せていて、役人によくある事なかれの日和見《ひよりみ》と世間では思われている。『昼行燈《ひるあんどん》』とも陰口を叩《たた》かれるほどだが、実際の左内は違うのである。

田鶴は夫のそんな実態などは露《つゆ》知らず、世間知らずのままに、貞淑《ていしゅく》な同心の妻としての日々を送っている。目許《めもと》あくまで涼しく、鼻が高く、唇が薄くて色白の美形ゆえに、左内はひそかに『雪女』と呼んでいた。坊太郎は利発な紅顔の美少年である。

食膳は芋茎《ずいき》の煮たのと梅干《うめぼ》しで、それに豆腐《とうふ》の味噌汁《みそしる》がついている。飯は雁治屋とは違い、ほっかほかの白米が湯気を立てている。

宇宙人のようなというのは、三人の会話が浮世離れしていて、奇妙奇天烈《きみょうきてれつ》だからなのである。

「父上、わたしは困っております」

「悩み事か」

「はい」

「どんなことだ」

「平目《ひらめ》はなぜ上ばかり見て泳ぐのですか」

まごつきもせずに左内は答える。

「きっと金持ちなんだろうな」

「えっ、意味がよく……」

「貧乏だったら下ばかり見て泳ぐはずだ」

「海の底にお金は落ちていませんよ」

「なんとなくそんな気がしないか」

「はあ、そう言われれば確かに」

「なぜ突然平目が出てくるのだ」

「杉崎数馬《すぎさきかずま》と後藤市之進《ごとういちのしん》が結託《けったく》してわたしに綽名《あだな》をつけたのです」

二人ともおなじ寺子屋で学ぶ同心の倅《せがれ》たちだ。

「それが平目なのです。二人しておい平目とわたしのことを呼びます。どんな魚かと思って調べましたら、上ばかり見て泳ぐと書いてあったのです。わたしはそんなつもりはないので悩んでしまいました」

「ははは、他愛もないことを。言いたい奴《やつ》には言わせておけよ。つまらんことで悩むな」

「はい」

「旦那様《だんなさま》、ではわたくしからお尋《たず》ねを」

取り澄ました顔で田鶴が言った。

「なんでしょう」

「鶏《にわとり》めはどうして空を飛べないのでございますか」

「はっ、それは」

左内は箸《はし》を置き、腕組みして真剣に考え込み、

「困りましたなあ、親しくしている鶏に聞いておきますよ」

「どうか、よしなに」

三人はにこりともせず、粛々《しゆくしゆく》と事を運んでいる。朝餉の話題とも思えず、そこが宇宙人らしき所以《ゆえん》なのである。

案内を乞《こ》う女の声がして、田鶴が「はい」と答え、襷掛《たすきが》けを外しながら玄関の方へ出て行った。

「坊太郎、寺子屋の方はどうだ」

寺子屋の師匠《ししょう》は、わけあって前任者と新任者とが交替していた。

「新しい堀田《ほった》先生はとても手厳しく、わたしたちは毎日音を上げております」

新任の師匠は堀田源五郎《げんごろう》という浪人者で、初老ながら矍鑠《かくしゃく》として、よき指南役という評判だ。

「それぐらいで丁度よかろう。何せおまえたちは若駒《わかごま》だからな、手を弛《ゆる》めれば飛び跳ねてどこかへ行ってしまう。手綱捌《たづなさば》きは肝要だ」

「堀田先生は厳しいばかりでなく、休みの時はわたしたちを集めてよく笑い話をして下さいます」

「まだ膝《ひざ》を交えて話したことがないから、近いうちに機会を作って会ってみよう」

「はい」

「旦那様、ご覧下さりませ」

田鶴が喜色を浮かべて戻って来ると、抱え持った油紙に包んだものを開いて見せた。採《と》れたての竹の子だ。それに付着した土がざらっと畳に落ちる。

「只今《ただいま》後藤まつ殿が持って来て下されたのですよ、お詫《わ》びの印にと申されて」

後藤まつは市之進の母親で、寺子屋が始まった当初、田鶴に反撥《はんぱつ》でも持ったのか、母親同士のちょっとした対立があり、一時は田鶴とまつの仲も険悪になったりもした。

しかし今では誤解が解けて和解していた。

「気にしていたのですな、まつ殿は」

「ええ、わたくしは意に介さぬようにしておりましたが、近頃は向こうから何かと折れて参りますのよ」

田鶴がにっこりと、勝ち誇ったような笑みを浮かべた。

「田鶴殿の出自《しゅつじ》が、与力殿の娘とわかったからではありませんかな。これまではおっぴらに言ってきませんでしたが、そういうことはどこかから漏れ伝わるものなのです」

「ほほほ、そうかも知れませんわねえ」

「さて、この竹の子をどうするかですな。わたしの好物なのですよ」

左内が嬉《うれ》しそうに竹の子を手に取った。

竹の子は灰汁《あく》が強く、それを抜いてから調理をするが、しかし掘り立ての竹の子は生でも食べられ、輪切りにして鰹節《かつおぶし》の出汁《だし》に醤油《しょうゆ》を垂らして食べてもうまい。また若布《わかめ》との相性もよく、煮物にも出来る。丸焼きや竹の子飯も美味で、いろいろな食べ方があって、どう調理するか、左内と田鶴はたちまち喧々囂々《けんけんごうごう》となった。

その姿はどう見ても地球人のもので、決して宇宙人ではなかった。

三

北町奉行所へ出仕すると、奥から何やら慌ただしい様子が伝わってきた。

左内が同心部屋へ赴《おもむ》くと、定員六人の定廻り同心のうち、五人が緊迫した様子で動き廻り、また額を寄せ合って談合していた。

「皆さん、お早うございます」

五人は左内の挨拶《あいさつ》など耳に入らぬ様子で、

「どっちを取るかなど、わかりきったことではないか。われらとしては大鴉《おおがらす》捕縛《ほばく》に向かうべきであろうが」

田鎖猪之助《たぐさりいのすけ》が言うと、弓削金吾《ゆげきんご》が待ったをかけるようにして、

「しかし機織屋の殺しも放《ほう》ってはおけまい」

「苛酷《かこく》な働きに耐えかねた機織娘が、思い余って主を手に掛けた。主殺《しゅうごろ》しは大罪であるがこの一件は底が浅い。追手をかければ小娘などすぐに捕まるはずだ。それよりこはなんとしてでも、積年の怨《うら》みである大鴉捕縛に邁進《まいしん》すべきだぞ」

左内は口を差し挟まず、独りで茶を淹《い》れて飲んでいる。だが盗《ぬす》っ人《と》大鴉の名が出て、内心穏やかではない。

田鎖と弓削は三十代後半で、ふだん左内のことを蔑《さげす》み、昼行燈呼ばわりしていた。

田鎖が初めて左内に気づき、

「布引殿、お早うござる」

「はっ、皆さんお早いですなあ」

そう言っておき、

「大鴉がまたぞろ出ましたか」

田鎖はうなずき、

「昨夜上野池之端《うえのいけのはた》の米問屋に忍び込み、家人が知らぬ間に金五十両を奪ったのでござる。その際、厠《かわや》に立った小僧が廊下で大鴉と鉢合わせをし、寝惚《ねぼ》けながらも誰かと聞くと、大胆にも大鴉だと答えたそうな。あ奴め、われらの追及を逃れてまたしても夜働きを。煮え湯を呑まされる思いではござらんか」

「それはいけませんなあ」

茶を啜《すす》りながら、左内は惚《とぼ》け顔で言う。

大鴉の弥蔵《やぞう》は盗みはすれど非道はせぬ盗っ人で、ある事件を介して左内と知り合った。それ以来、二人はたがいの利益や思惑が合致すれば手を組む暗黒街の関係、つまり同心と盗っ人の垣根を越えた肝胆相照《かんたんあいて》らす仲になった。

ある事件とは、さる大身《たいしん》旗本が大胆な悪事を敢行し、江戸城御金蔵《ごきんぞう》から三千両の金《きん》子を盗《す》み出した。その罪を大鴉の弥蔵に被《かぶ》せたのだ。左内は真相を暴《あば》き出し、弥蔵と共に陰にて大身旗本に天誅《てんちゅう》を加えた。

南北両町奉行所が先年より躍起《やっき》になって追っているが、弥蔵は未《いま》だかつて一度も捕まったことがなかった。

田鎖にある考えが閃《ひらめ》き、

「おお、そうだ。布引殿、今はお暇か」

「あ、はい、暇といえば確かに」

「難事は抱えておらんな」

「今のところ何も」

「では板橋宿の主殺しを引き受けて下さらぬか。われらとしてはどうしても大鴉捕縛に向かいたい。誤解されては困るが、これは決して功名心ではござらんぞ。天下万民のために申しておる」

田鎖の言い繕《つくろ》いは失笑ものだ。

「それは構いませんが、どんな事件なのですかな。みどもの手に余るような難しい件だと困るのですが」

弓削が横から割り込み、

「板橋宿の機織屋雁治屋の主喜和蔵が、昨夜雇いの機織娘に刺し殺されたのですよ。詳しい事情はわかっておらんのですが、機織屋の苛酷な労働は知れ渡っておりますから な、どうせ仕事の不満が募って犯科に及んだのではないかと。下手人《げしにん》の娘はさして遠くへ逃げたとも思えんので、布引殿のお力でなんとかふん縛って頂きたい」

「は、はあ」

「さっ、これをよっくご覧《ろう》じろ。事件の概要が書き記してござる」

弓削に強引に書類を手渡され、左内は気乗りのしない顔で受け取り、

「ではこれを読んだ上で、判断をさせて頂きましょう」

無気力そうなうわべはこの男特有の見せかけで、実は一件に大いに興味をそそられていた。只の機織娘が主殺しをするには、それなりの深いわけがあるはずだ。

すっかりやる気になっていた。

四

左内は板橋宿に着到すると、まずは問屋場《といやば》に顔を出し、宿役人《しゅくやくにん》に雁治屋の一件を尋ねた。

老齢の宿役人は陳述《ちんじゅつ》する。

「今朝方一番に雁治屋さんの方から知らせを受けまして、取るものも取りあえず駆けつけてみますと、主の喜和蔵さんが蔵のなかで錐《きり》のようなもので刺し殺されておりました。実はゆんべ三人の機織娘が逃げておりまして、二人は捕まったのですが、小夜という娘が行方《ゆくえ》知れずになっており、恐らくこの者が下手人ではないかと」

捕まったお里とお君は、雁治屋の家のなかに囚《とら》われていると言い、

「そこで泡を食って陣屋《じんや》に人を走らせておき、こっちでは人足衆に頼んで小夜を探させましたが、どこにもおりません。それで雁治屋に今日一日は仕事をやめさせ、皆に出掛けぬように申し伝えたところでございます」

「小夜ってなどんな娘なんだ」

「それが、かみさんのお縈さんに聞いてもはっきりわからないと」

「てめえん所の雇い人のことがわからねえってか」

「はい、ともかく雁治屋へ」

宿役人に案内させ、左内は雁治屋へ赴いた。

家の戸が閉め切られ、宿役人に言われたから機織の音も聞こえず、ひっそりとしている。

宿役人が潜《くぐ》り戸《ど》を叩いてお繁の名を呼ぶと、やがて喜和蔵女房のお繁が顔を出した。

「北町奉行所の布引様とおっしゃる。なかへ入れとくれ」

宿役人が言うと、お繁は目顔でうなずいて二人を招じ入れた。無愛想な中年女で、夫婦仲がよくなかったのか、亭主の死に直面しているのに悲しみに暮れている様子はない。

お繁の背後には見張り役の男衆がずらっと居並び、左内へ向かって畏《かしこ》まっている。どの男たちも能無しそうで、左内はそれらを一瞥《いちべつ》しておき、お繁に向かって、

「小夜って娘のことがわからねえそうだな。そりゃどうしてなんだ」

「うちにゃ三十五人もの娘が居ましてね、小夜って言われても急には。あたしゃ元々仕事にゃ首を突っ込んでなくって、亭主がみんなやっておりましたんで」

「調書《しらべが》きによると、小夜は王子村の出ってことになってるが」

「へえ、そう言われましてもねえ」

左内は男衆を見廻して、

「おめえたちはどうだ、小夜のことは知ってるのか」

男たちはもごもごと口籠《くちご》もりながら、知っているということを告げる。

「どんな娘だったたい」

年嵩《としかさ》の一人が役人の左内にどぎまぎとしながら、

「へ、へえ、いい娘でございやしたよ。口数は少ねえんですが、間違ったことは言いやせん。器量の方も上の部類でござんす」

「おかしいのはよ、逃げたはずの小夜がなんでまた蔵に戻って喜和蔵を手に掛けたのか、そこんところが妙だとは思わねえか」

男衆は胡乱《うろん》げに見交わし合い、

「さあ、逃げたな本当なんですけど、どうして舞い戻ったのか。旦那を手に掛けたわけもあっしらにゃわからねえんで」

左内は宿役人に目を転じて、

「喜和蔵の死げえはどうなっている」

「近くの寺に預かって貰ってまして、検屍《けんし》はもう済んでお役人方は引き上げております」

「何かなくなってるものはねえかい」

お繁に聞くと、わからないと言われ、

「それじゃ金はどうだ」

「金は盗《と》られちゃおりませんよ。大事な金箱はいつもあたしが枕許《まくらもと》に置いていますんで」

その時だけ、お繁は笑みを見せて言った。

次いで、左内はお繁と宿役人を伴い、惨劇の現場である土蔵へ行った。床は血の海で、辺りを見廻すうちに、床板が上がったままの隠し穴に気づいた。

「この穴はなんでぇ」

お繁が慌てたように覗《のぞ》き込み、

「あたしは知りません、今初めて見ますよ」

「なんぞでえじなもんでもしまってあったのかな」

狭い穴のなかを覗くが、空っぽだ。

左内は不審顔でそこを離れ、次いでお繁と宿役人を伴い、雁治屋の奥の間へ足を運んだ。

お里とお君は柱に縄で縛られていた。二人とも青白い顔でうなだれている。

「こいつらはどうなるんだ」

左内がお繁に聞いた。

「娘っ子が逃げるのは今に始まったこっちゃありませんけどね、そういうこともみんなうちの人がやってましたんで、あたしとしちゃどうしたものかと思案にあぐねております」

それに宿役人が口添えして、

「心を入れ替えさせて、また働きたいって言ったらそうしてやったらいいじゃないか、お繁さん。在所へ帰ったって行き場がないだろうに、この人たちは」

するとお里が決然とした顔を上げ、

「おかみさんには悪いですけど、ここには居たくありません。だから逃げだしたんです」

お君も身をよじりながら、

「後生ですから、あたしたちをほかへやってくれませんか。どんな所でも働きますんで」

お繁が唇をひん曲げて、

「そう言うけどさあ、あんたたちにゃ支度金を払ってるんだよ。それを返してくれるんならともかく、このまま済むわきゃないだろ」

「まあ、その辺はよ、双方で話し合ってくんな。ちょいと小夜のことを聞きてえ、席を外して貰うぜ」

左内に言われ、お繁と宿役人は出て行く。

「三人で示し合わせたんだな」

左内に問われ、お里とお君が認める。

「小夜がどこ行ったか知らねえかい」

お里は目を潤《うる》ませ、

「実のところ、落ち行く先までは考えていませんでした。ともかくこの家から出ることばかりが先立って。でも小夜ちゃんが旦那さんを手に掛けたなんて、信じられません」

「あの子はとてもしっかり者で、あたしたちは引きずられてました。在所には戻らないって言ってましたから、きっと一人で生きて行くものと」

お君が言う。

「そうさなあ、追手がかかってんのはわかりきってるんだ、在所にゃ戻るめえなあ。となると、どっかに土地勘《とちかん》のある所はねえかい」

「あたしたち、籠《かご》の鳥みたいにここに閉じ籠められてましたから、世間をまるっきり知らないんです。休みの日もなくって、外に出られないんです」

訴えるようにお君は言う。

「けどよ、なんか心当たりはあるだろ」

お里とお君は見交わし、やはり知らないという素振りで左内を見た。

「うむ、こうっと……参ったなあ、主殺しの大罪人をこのまま放っとくわけにゃゆかねえじゃねえか。小夜ってな、でえそれた罪を犯したんだぞ。おめえたちだってまるっきり責任がねえこともねえんだ」

左内の言葉が重く響き、二人はうちひしがれた。やがてどちらからともなく啜り泣きが聞こえ、お里もお君も嗚咽《おえつ》を始めた。

左内は困って二人を見ていたが、

「おめえらがここに居たくねえのはよっくわかった。当然だな。といって、雁治屋のものを盗んだりしたわけじゃねえから目溢《めこぼ》ししてやらあ」

二人が泣き濡《ぬ》れた顔を上げ、

「それは嬉しいんですけど、だったらどうしたらいいんですか、あたしたち」

お里が言った。

「さあ、そこよ。今おれにいい思案が浮かんだのさ。あのくそおかみに話をつけてくるからちょっと待ってろ」

五

その居酒屋は『放《はな》れ駒《ごま》』という屋号で、八丁堀亀島町《かめじまちょう》に店を構える縄暖簾《なわのれん》だ。女将《おかみ》はお勝《かつ》といい、左内の幼馴染《おさななじ》みである。それだけに言いたいことを言い合う仲なのだ。

日が落ち始めて店開けが近いから、お勝は料理場で酒の肴《さかな》作りに余念がない。色黒の狸《たぬき》のような器量だが、厚い唇の横に艶黒子《つやぼくろ》があり、それがお勝に色気を与えている。

左内が「よっ」と言って料理場へ入って来て、ひょいとお勝の手捌《てさば》きを覗き込み、

「なんだよ、また茄子《なす》の煮たのかよ。もうちっと気の利いたものを作らねえかい」

「たとえばどんなものさ」

お勝が背中で言う。

「春なんだからよ、旬《しゅん》のものがいっぺえ出てるじゃねえか。竹の子とか初鰹とかよ、白魚《しらうお》もいいよなあ」

「はん、そんなもの出してたらうちは潰《つぶ》れちまうよ」

「潰れるとしたら肴のせいじゃあるめえ。こんな小汚ねえ店で、皺《しわ》だらけの小汚ねえおめえがやってたら、そのうち客は寄りつかなくならあ。やっぱ店にゃぴちぴちしたのが居ねえとな」

「鉦《かね》や太鼓《たいこ》で探したってそんな娘っ子は来ないよ」

「来たらどうする」

「なんだって」

「おれぁな、常々この店のしんぺえをしてるのさ。潰れて消えちまったらおれの息抜きの場がなくなるからよ」

「そりゃよくわかるよ、雪女のかみさんの尻《しり》に敷かれてあんたの立つ瀬はないものねえ」

「ほざくな、うるせえ、雪女のことは放《ほ》っとけってんだ。話を戻すぜ。ここにぴったりの若え娘がいるといったらどうする」

「いるのかえ、そんなのが」

「ああ」

「どうせ曰く因縁つきなんだろ」

「まあな、けど罪人なんかじゃねえぜ。水呑み百姓の娘で機織屋で働いてたんだ。それがちょっとわけありで職を失ってよ、話したらここで働いてもいいと」

「願ったりだけど、どんなわけありなのさ」

「機織屋でこき使われて、嫌気がさして逃げだしたけど捕まっちまった。行き場がねえんで、おれが面倒見てやることにしたのさ」

小夜の件を聞かせるつもりはなかった。

「でもねえ、給金出せるかしら、それに寝場所だって」

「おれが面倒見るって言ってんだから、一切合切《いっさいがっさい》任せときな。おめえ、ここの奥で独りで寝てんだよな」

「あんたのためにお布団用意してあるよ」

「気持ちの悪いこと言うなよ、今さらおれとおめえがそんな仲んなってどうするんだ。悪い冗談は面だけにしとけ」

「どこに居るんだい、その娘っ子は」

「それがよ、二人なんだ」

「無理だね、二人分も給金払えないもの」

「任せとけって言ってんだろ」

「ええっ、あんたってそんないい人だったっけ？」

「表に待たしている、会ってやってくれ」

「連れといでな」

左内が店の表へ行き、お里とお君を連れて戻って来た。二人は身装《みなり》を整え、私物を入れた風呂敷包みを抱いている。

娘たちを見るなり、お勝は目をぱちくりさせて、

「あらあ、本当に若い娘っ子じゃないか。おまえさんたち、幾つだい」

お勝に聞かれ、二人が名乗りをして、共に十七だと年を伝え、

「働かせて貰えるんですか」

お里が言うと、お勝はこくっとうなずき、

「どうせ宿無しなんだろ、長屋の面倒もこの旦那に見て貰いな。さあ、あたしも今日から張り切るからね」

「掃溜《はきだ》めに鶴《つる》が二羽舞い降りたんだ、こんなめでてえこたねえやな。まずは熱いのをつけてくんな」

「あいよ、丁度おまえさんにぴったりの酒が入ったばかりなんだ。掃溜めっていうのさ」

「くそっ、口の減らねえくそ婆《ばば》ぁだぜ」

腐る左内の姿に、お里とお君がくすくすと笑った。

それをちらっと見て、左内は一抹《いちまつ》救われたような気分になった。

六

お里、お君をお勝に委《ゆだ》ね、左内はぶらりと夜の帷《とばり》の下りた町へ出た。酔いを醒《さ》ますため、そこいらで時を潰すことにした。田鶴が酒臭いのを嫌うからで、どんな時でも妻への配慮は怠《おこた》らない。

地元八丁堀なだけに見知った顔が多く、小商人《こあきんど》や飲食の店の者たちが次々に頭を下げてくる。

左内がそれらの者たちの挨拶を受け流してそぞろ歩いているうち、背後から近づいて来る人影に気づいた。

さり気なく見返ると、向こうもひたっと立ち止まった。一文字笠《いちもんじがさ》を目深に被った町人体《てい》だ。腰に長脇差《ながどす》を帯びている。

顔は見えずとも、左内には相手が誰かすぐにわかった。大鴉の弥蔵だ。

左内は黙って目顔でうなずき、先に立って歩きだした。弥蔵が影のようにしたがう。阿吽《あうん》の呼吸である。

やがて四半刻《しはんとき》（三十分）もした頃、二人はとある居酒屋の小上がりに向き合って座していた。

場所は本八丁堀五丁目で、稲荷橋《いなりばし》の袂《たもと》にぽつんとある小店《こだな》だ。皺くちゃで腰の曲がった婆《ばあ》さんが一人でやっていて、いつもそうだが他に客の姿はなく、暗くてひっそりとしている。人目につかないことは確かだ。

以前にも二人は、ここでひそかに酒を飲んで密談を交わしたことがあった。店の屋号は『たぬき』という。

燗酒《かんざけ》を二本、盆に載せて持って来た婆さんに左内が話しかける。

「元気だったかい、女将」

「へえ」

「あんべえはどこも悪くねえんだな」

「へえ」

「憶《おぼ》えてねえかい、おれのこと」

「さあ、どちらさんでしたっけ。近頃はもの覚えが悪くなっちまって。お客さん、初めてじゃないんですか」

「あはっ、そうだったな、初めてだよ」

婆さんはまた「へえ」と言って、店の方へよたよたと去った。

店主に記憶されていないと思うと、左内はなぜか安心した。安全のための確認だった。

「暫《しば》くだな、左内の旦那よ」

盃《さかずき》を口に運びながら弥蔵が言った。がっしりした躰つきで、三十半ばの苦み走った面構《つらがま》えをしている。暗黒街に生きる男特有の陰惨な翳《かげ》りは拭《ぬぐ》いようもないが、最初に会った頃よりやや穏やかな顔つきになったような気がするのは、左内の思い過《す》ごしか。

「おめえ、また盗みを働いたな」

弥蔵は知らん顔をして、肴の田螺《たにし》の佃煮《つくだに》を食べている。

「上野池之端の米問屋で五十両かっぱらいやがった。今日は前非を悔いて自訴《じそ》しに来たのか」

からかう口調で左内は言う。

弥蔵はにこりともせず、

「少しばかり言い訳してもいいか」

「聞きたくねえな」

弥蔵は構わずつづけて、

「あの米問屋があんまり阿漕《あこぎ》なんで灸《きゅう》を据《す》えてやったのさ。亭主はよ、米商いの裏で高利貸《こうりが》しをしてやがる。貧乏人に貸し付けちゃ身ぐるみ剝《は》ぐようなことを平気でやってる奴なんだ。返せなくって泣きの泪《なみだ》で自害した人もいる。許すわけにゃゆかねえだろ」

「てめえ、義賊なんぞを気取ってるとしたらちゃんちゃらおかしいぞ。人はそれぞれ決まった枠んなかで生きてるんだ。金貸しだって必要なんだよ。それを横から余計なことするなってんだ」

「ほっ、偉そうに。わかったみてえなことぬかすんじゃねえ。人のこと言えた義理かよ、この悪徳役人めが」

「なんだと、盗っ人野郎の分際《ぶんざい》で」

怒りかけ、うす笑いの弥蔵を見て左内は壁にぶつかる思いがした。この男にはどこか抗しきれないものがある。それが弥蔵の強さなのか。

弥蔵はまたぐびりと酒を飲み、

「まっ、いいやな、旦那が相変わらずなんで安心したぜ」

「どんな用があって面見せに来やがった。とっておきのねたでもあるってか」

すると弥蔵が顔を近づけ、突き刺すような目をくれ、

「図星《ずぼし》だよ。まさにとっておきなんだがよ、けど……」

歯切れが悪い。

「けど、どうしたい」

「話がよく見えねえんで、正直おれも迷っているのさ」

「なんでえ、そのうじうじした言い草は。おめえらしくねえじゃねえか。いつからおかまんなった」

「うるせえや。いいか、世間があっと驚くようなてえへんな書付けが、この江戸のどこかにあるらしいんだ」

「ははーん、確かに話が見えねえな。もう少し材料が揃《そろ》ってから、おれ様ん所へ来た方がよかったんじゃねえか」

「旦那の顔が早く見たくって、前のめりんなっちまったのかも知れねえな」

揶揄《やゆ》めかして言う。

だが左内は一転して真顔になり、

「だからその書付けがどうしたってんだ。またぞろ陰謀が渦巻いてるとでも言うんじゃあるめえな」

陰謀とは、以前に悪旗本の企《たくら》みによって弥蔵に被せられた濡《ぬ》れ衣《ぎぬ》事件のことを言っている。

「そいつが何もんかにぶん取られたらしいのさ。それを火盗改《かとうあらた》めが取り戻そうと動いているみてえなんだ。つまり陰謀の大嵐《おおあらし》だな」

火盗改めとは火附盗賊改《ひつけとうぞくあらた》め方《かた》のことだ。

左内がすっと表情を引き締め、

「なんだってここへ火盗改めが出て来るんでえ」

「妙だろ。それも火附けや盗っ人の表の詮議《せんぎ》じゃねえ、旦那よりもっと悪党の火盗の役人が欲を出してるみてえなんだ」

「そんなに金になる書付けなのか」

「闇《やみ》の値がついて、何百両、いや、何千両出しても手に入れてえという奴が出ても不思議じゃねえらしい」

「与太話《よたばなし》じゃねえのか、誰から吹き込まれたんだ」

「蛇《じゃ》の道だ、言うわけにゃゆかねえ」

「その書付けをぶん取ったな誰なんだ」

弥蔵は知らないと首を横に振る。

「だったらおめえ、書付けにゃいってえ何が書いてあるんだ。中身はなんなんだ」

「それがわかりゃ苦労はしねえぜ。ともかくでえそれた代物としか言いようがねえのさ。ないない尽くしで申し訳ねえ」

今日のところは旦那の耳に入れておくに留《とど》め、もっと詳しいことがわかったらまたつなぎをつけると弥蔵は言う。生殺しのような話なのだ。

「うむ、もう……」

左内の口から、牛のお産のような唸《うな》り声が出た。

七

世に名高い『首尾《しゆび》の松《まつ》』とは、幕府御米蔵《おこめぐら》の四番堀と五番堀の埠堤《ふてい》におっ立った一本の老松のことをいう。それが水面《みなも》に風情《ふぜい》ある影を落とし、まるで絵に描《か》いたようなのでその名が広まった。

吉原通いの遊客が、舟をこの松の樹《き》の下に舫《もや》らせ、花魁《おいらん》との首尾を語り合うという言い伝えから生まれた。花魁との仲が成就《じようじゆ》したかしないかは、遊客にとっては大事な関心事なのである。

夜も更け、舟影も途絶えた埠堤に煙草《たばこ》の火が二つ見え、男二人の影が人目を憚《はばか》りながらしゃがみ込んで密談していた。

暗くて顔はまったくわからないが、どうやら二人ともその物腰から年寄らしい。一人はいかつい躰つきで、もう一人は小柄だ。

「ようやっと見つかったみてえだな」

いかつい方が紫煙《しえん》を燻《くゆ》らせながら言うと、小柄は確《しか》とうなずき、

「ああ、一時はどうなることかと思ってはらはらしたけどよ、存外に早く見つかった。死なれちゃ困るんで目を離さねえようにしているが、どうやらしんぺえするにゃ及ばねえみてえだ。小娘はぴんぴんしてるぜ」

「塒《ねぐら》は定まってんのか」

いかついのが、咳払《せきばら》いをしながら言った。

「いいや、追手があると思ってっから、あっちこっち転々としてらあ。無理もねえやな。人を一人手に掛けてんだからよ」

「今さらこんなこと言っても始まらねえが、あんな野郎にあんなでえじなもんを持たせたのがそもそもの間違いだったんだぜ」

「そう言うなって。あの野郎もそれなりに役に立っていたこともあったんだ。死んじまえばみんな仏と思ってやんな」

「おれぁはなっからあの野郎が気に食わなかった。死んだと聞かされても泪ひとつ出なかった」

「まっ、それはおれもおなじだよ。儲《もう》けるだけ儲けて、与力様からまた法外な銭をふんだくっていやがった。あれが仲間だなんて聞いて呆《あき》れるぜ」

「おれぁ奴ん所にだけは足を向けなかった。面拝むのもへどが出たな」

小柄が苦々しそうに煙草を吸いながら、

「で、これからどうする。例のものをどうやって取り戻すつもりだ」

「いいか、いつも言ってるが事は穏便《おんびん》によ、荒立てねえようにこっちの思う通りにゃらなくちゃならねえ。捕めえて拷問《ごうもん》にかけりゃいいってもんじゃねえんだぞ」

「相変わらず御託《ごたく》並べんのが好きだな、おめえって奴は。拷問にかけねえとなると、どうやって取り戻すんだ。もう考えは纏まってんだろ」

「ああ、一応はな」

「聞かせろよ、そいつを」

「ふふふ、こういうことはおれたちの手にかかっちゃ相手はいちころだぜ。ましてや小娘なんざ赤子の手を捻《ひね》るようなものさ」

「教えろよ、早く」

いかついのが小柄な方にひそひそと囁《ささや》き始めた。それはとんでもない計略らしく、快哉《かいさい》を叫ぶかのような笑い声が漏れた。

「そいつぁいい、まんまとひっかかるだろうぜ。いつから手を付けるんだ」

「いつからだと？　そんな眠てえようなこと言ってどうする、とっくに始まってらあな」

「よしよし、首尾を祈ろうじゃねえか」

「だからこの首尾の松で話してんのさ」

二人がひそやかな含み笑いを上げた。

そうして申し合わせたように雁首《がんくび》を叩き、煙管《きせる》を煙草入れに収め、静かに立ち上がって顔も見ずに左右に別れた。

八

(あたしは人でなしよ、人でなしなのよ。世話になった主人を手に掛けて、どうして平気で生きていられるの。生きていちゃ駄目、死んでお詫びしなくちゃいけないわ)

悔恨の情やみ難く、小夜はよく晴れて明るい浅草奥山《あさくさおくやま》の雑踏を、暗い顔でほっつき歩いていた。

雁治屋を飛び出して半月余、どこでどうしていたかはっきり思い出せなかった。素性《すじょう》を隠して木賃宿《きちんやど》を泊まり歩いていたことは確かだが、しかしその先々での人との交流はひたすら避け、うす汚い宿の一室に閉じ籠もっていた。自訴は一度も考えなかった。決意がつかないのだ。

たまに外へ出れば、すれ違う人のすべてが怪しい目で自分を見ているような気がして、世間に背を向けたままで過ごしてきた。

犯した罪の怖ろしさに、初めのうちは食欲がなかったものの、ひと廻り（七日間）も経《た》つ頃に俄然《がぜん》と食べ始めた。無茶食いだ。食べることによって生まれ変われるような気がした。どこで何を食べても、雁治屋のそれに比べたらみんなご馳走《ちそう》に思えた。血色もすっかり戻り、また考えも変わってきた。

妙なことに、元気になるにつれて自死を考えるようになった。だから死に場所を探してこうして当てもなくほっつき歩いている。

死ななければいけないと、痛切に思い込んでしまったのだ。

それで大川《おおかわ》に飛び込もうと浅草へやって来て、橋場《はしば》から蔵前《くらまえ》まで、延々とつづく河《か》岸《し》沿いを行ったり来たりしていた。

身を投げても人に助けられてはいけないから、夜を待ち、実行しようとして大河を覗き込んだ。真っ黒な川面のなかから魔神でも出てきそうに思えた。みるみる怖気《おじけ》づき、身が竦《すく》んで果たせなくなった。

その晩は大泣きして宿で過ごした。泪が止まらず、自分がこんな泣き虫だということが初めてわかった。情けない自分に落ち込み、また次の日に身投げを考える。

それをこの数日、繰り返していた。

その日も小夜は惚けたように目の前の大川を眺めながら、花川戸《はなかわど》の茶店の床几《しょうぎ》に掛け、甘酒を啜っていた。目には何も映っていなかった。頭も胸も空っぽだから、『無』とはこういう有様を言うのに違いない。

王子村の家族を思ったことは一度もなかった。兄弟姉妹の誰一人として、どうしても会いたくなるような子はいなかった。本当に独りぼっちなのだが、そういう意味の寂しさは小夜は感じない性分だ。

そこへ一人の若者が逃げるような足取りでやって来て、小夜の隣りの床几に掛けた。そうしていても若者は落ち着きがなく、辺りに視線を走らせ、そわそわと腰を浮かしかけたりもしている。堅気のお店者《たなもの》の身装で、身だしなみがよく、美男の顔立ちだ。

小夜はちらちらと気になるように見ていたが、話しかけるわけにもゆかず、若者の落ち着きのなさが伝播《でんぱ》したかのように小夜まで穏やかでなくなってきた。

若者は小女に甘酒を頼むが、それが運ばれてきても口はつけず、「はあっ」とやるせないような大きな溜息《ためいき》をつき、頭を抱えて落ち込んだ。

さまようような視線を泳がせていたが、やがて小夜と目と目が合った。

小夜は慌てて視線を逸《そ》らし、冷めた甘酒を飲む。味はしなかった。

「いいお天気ですね」

不意に若者が話しかけてきて、小夜は面食らった。どぎまぎして、言葉を返せないでいると、

「こんなに日がいいと腹が立ってきますよ。いっそ土砂降《どしゃぶ》りの雨にでもなりゃいいんだ」

破れかぶれのようにして若者が言った。

小夜はなんと答えていいのかわからない。

「わたしの心はとっくに雨模様なんですよ。この数ヵ月、晴れた日なんかありゃしない」

まごつくばかりで、小夜は言葉が出てこない。

「この辺の人ですか、おまえさんは」

「い、いえ、あたしは違うんです。御参りに来て休んでいるだけなんです」

こんな美男の若者と喋《しゃべ》ったことなどないから、小夜は顔が真っ赤だ。自分でも何を言っているのかわからない。

「どこから来たんですか」

「それは、えっと……」

板橋宿とは言えないから、

「内藤新宿です」

「そんな遠くから？　じゃ帰るのは大変だ。日が暮れちまいますよ」

「いいんです、今日は親類の所に泊まりますから」

「親類はどこですか」

「日本橋の通《とおり》一丁目です」

口から出任せを言った。

「どこかのお嬢さんなんですか」

そう言われるだけの身装にはなっていた。

柳原土手《やなぎわらどて》の古着市で、洗い晒《ざら》しの木綿の着物を買って着替え、雁治屋で着ていた古いのは神田川《かんだがわ》に投げ捨てた。その時女工の自分も捨てたような気分になった。貯め込んだ賃金は日々の出費が多く、大分心細くなってきていた。

「不躾《ぶしつけ》じゃありませんか。どうしてあたしのことばかり聞くんです」

根掘り葉掘り聞かれるのに耐えられなくなって、小夜は若者の顔を見ないで抗議した。

若者は慌てる。

「こ、これはすみません、おまえさんがいい人だからつい気を許しちまって。怒られても仕方ありませんね」

「怒ってなんかいませんよ、そちら様の思い違いです」

「ああ、よかった、許してくれるんですね」

若者のやさしい口調はきっと育ちがいいからなんだろうと察しをつけ、所詮《しょせん》は月とすっぽんなんだわ、縁のない人なのよと小夜は思った。

「許すも何も、そんな風に言わないで下さいまし。それじゃあたしはこれで」

若者に会釈をし、そそくさと立ちかけた。

その時、向こうが騒がしくなり、若者を探し廻っているらしい乱暴な男の声が聞こえてきた。

若者は動転して慌てふためく。

「しまった、殺されちまう」

「ええっ」

小夜が聞き返した。

若者はつっと立って小夜に寄り、必死の目を向けて、

「わたしは蔵前の札差千成屋《ふださしせんなりや》の倅で扇太郎《せんたろう》と申します。おまえさんのお名前を聞かせて下さい」

「えっ、あっ、それは……」

「お願いがあります、これを預かって貰えませんか」

封をした小判十枚を差し出した。

とっさに手をやりかけ、小夜は慌てて引っ込めて、

「どうしたんですか、そんな大金」

「ちょっと曰く因縁のある金なんです、と言っても、盗んだとか人様のものとか、そういう筋合の金子じゃありません。夜まで預かって下さい。かならず取りに行きますんで」

「でもあたしの宿を教えるわけには」

宿と言ってしまい、小夜ははっとなった。親類の家に泊まると言ったはずだった。

だが扇太郎は意に介さぬ風で、

「だったら蔵前の西福寺《さいふくじ》の境内《けいだい》で、暮れ六つを過ぎた頃に落ち合いませんか。それまでこの金子を預かって下さい」

男たちの声が近づいてきた。

扇太郎が狼狽《ろうばい》しながら、

「どうか、お名前を」

「小夜です、小夜と申します」

「小夜さん、ご無理を言ってすみません」

「あ、あの、どうして素性もわからないあたしに？　大金を持ち逃げしたらどうします」

扇太郎は微《かす》かに笑って、

「小夜さんはそんな人じゃない、わたしがそう見込んだんです」

「だって、そんな……」

「確と頼みましたよ」

そう言い捨て、扇太郎は追手から逃れるようにして消え去った。

茫然と立ち尽くす小夜に、二、三人のやくざ者風が近づいて来た。どれも兇悪《きょうあく》な面相をしている。

小夜はそれより早く、小判包みを胸許《むなもと》にしまい込んだ。

「お嬢さん、今ここに若旦那風の野郎が来なかったかい」

先頭の男が露骨な目を向けながら言った。

「なんのことですか、あたしは何も知りませんね」

素っ気なく言って、小夜は胸許をしっかり押さえ、背を向けて歩きだした。やくざどもにこの金を渡してはならないと、心に決めていた。

九

三年前のある日、長次《ちょうじ》という男が娘のお雀《すず》を伴い、通旅籠町《とおりはたごちょう》へ出掛けて思わぬ奇禍《きか》に見舞われた。

長次は売り商いの正業を持ちながら、左内の下で手先を務めていた。一軒の旅籠で騒ぎが起こり、長次が何事かと首を突っこむと、それは左内と長次がかねてより追っていた兇状持《きょうじょうも》ちの無法者であった。

長次は男と争いになり、その時お雀も巻き込まれた。長次は男に刺されて絶命し、お雀は旅籠の二階から無法者に突き落とされたのだ。一命を取りとめはしたものの、右足を骨折して一生治らぬ不自由な躰になってしまった。以後、外出の折にはお雀は杖《つえ》が手放せなくなった。

無法者の方は左内が大番屋《おおばんや》へ移送中、日本橋川に突き落として死なせた。誰も見ていなかった。せめてもの長次の仇討《かたきうち》だった。

左内は長次への贖罪《しょくざい》から、お雀の面倒を生涯見る決意をした。

長次の墓を建ててやり、お雀を本所《ほんじょ》一つ目の文六《ぶんろく》長屋に住まわせ、親身になって世話を焼いている。まるで隠し子のような存在なのだ。おなじ長屋に住むかみさんたちに面倒を見て貰い、お雀にも暮らしの金を与え、何不自由のないように計らっている。そういう裏金は商家からの袖《そで》の下や、悪党よりせしめた金などで賄《まかな》っている。まっとうな金ではないが、血で汚れた金というわけでもない。

お雀は二十歳《はたち》を少し出たところだが、こんな躰になってしまって貰い手もなく、たとえ嫁いでも家事や育児を満足にこなす自信がないから、結婚には消極的になってしまった。

長次さえ生きていればと、左内は申し訳のない気持ちでいっぱいになる。だからお雀が幸せをつかむまでは、見守りつづけなければならないと思っていた。

ところが今まで気づかなかったが、お雀には格別な才覚があることがわかった。捕物の手先を務めるくらいだから、長次にはそれなりの勘と眼力が具《そな》わっていて、左内もかつては随分と重宝し、頼りにもしていた。その長次の血を引いたせいなのか、お雀も事件の解明には独特の閃《ひらめ》きを持っているのである。

左内はそこに目を付け、探索が行き詰まったような時にはその都度事件内容を語り聞かせ、お雀に相談をぶつようになった。

お雀もまたそれによく応《こた》え、的確な推測を立てる。その見立ては的中する場合が多く、ゆえに左内は内心で彼女のことを、ひそかに『知恵袋《ちえぶくろ》』と呼んでいた。左内にとってこの知恵袋は、心強い味方なのである。

手先の存在やその家族のことなどは、左内は田鶴を始め、役所の連中や世間には伝えていない。だから文六長屋に出入りする時は、人目を憚ってということになる。

その日も暮れ六つ（午後六時）の火灯《ひとも》し頃に、左内はお雀の住居へ折詰《おりづめ》を提《さ》げてやって来た。手ぶらでは来ないようにしていた。

「へえるぜ」

そう言って左内が油障子《あぶらしょうじ》を開けると、お雀は背を見せて文机《ふづくえ》に向かい、何やらさらさらと紙に筆を走らせていた。

お雀の躰では売り商いは無理なので、家のなかで出来る仕事を持っていた。それは代筆屋なのだ。お雀は町人にしては類稀《たぐいまれ》な能筆家《のうひつか》なのである。

公事訴訟《くじそしょう》の難しい文から、居酒屋の売掛請求《うりかけせいきゅう》、はたまた付け文に至るまでなんでも引受ける。時には文面まで考える。仕事はしょっちゅうあるわけではなく、さして暮らしの足しになるほどではないが、それでも人から頼みにされているということは彼女を輝かせている。

代筆屋と、左内から持ち込まれる事件相談の二つで、世の中から必要とされている、役に立っている、という確証を得て、お雀は張りを持って生きているのだ。それもこれも左内のお蔭《かげ》だから、お雀は懸命に期待に応えようとしている。

お雀は躰の向きを変え、左内へきちんと辞儀をしておき、

「ちょっと待って下さいね、もうすぐ終わりますから」

と言って再び机に向かい、筆を走らせた。

お雀はまん丸い顔にはっきりとした目鼻がついて、美人とは言い難いがどこか愛くるしく、年のわりには可憐《かれん》である。髷《まげ》をきちんと娘島田《むすめしまだ》に結い、こざっぱりとした小《こ》袖《そで》を着て身だしなみをよくしている。不自由な躰にもめげず、気性は機知に富んで明るい。

「今日はなんでえ、公事の書きもんでも頼まれたってか」

「そうなんです。大家と店子《たなこ》の揉《も》め事《ごと》の決着がつかなくって、裁きの庭にまで出ることになっちまいまして。膝を詰めて話し合えばいいと思うんですけど」

「そういう悶着《もんちゃく》の書類ってな、少しはましな銭になるんだろ」

「ええ、旦那に天ぷら蕎麦《そば》をご馳走するくらいは」

「そいつぁ楽しみだ」

話している間、左内は勝手に茶を淹れて飲んでいる。

やがて仕事を終えたお雀が向き直り、

「大変失礼をしました」

また頭を下げて言った。

「腹減ってねえか」

「あたしの腹具合がわかるんですね」

「父親代りのつもりだからな、さあ、食いねえ」

「今日はなんですか」

お雀が喜色を浮かべて手渡された折詰を開き、なかを見て、

「なんぞおめでたいことでもあったんですか」

と聞いた。

折詰の中身は赤飯だったのだ。

「めでてえどころか、うんざりするような毎日がつづいてらあ。たまたま糯米屋《もちごめや》のめえを通ったらそいつを売っていて、いい匂《にお》いがしたんでおめえに食わしてやろうと思ってよ」

「そうでしたか。それは有難うございます。では頂きます」

お雀が箸を用意し、赤飯に胡麻塩《ごましお》を振りかけて早速食べ始めた。品よく食べるが、

口は早い。

「どうでえ」

「おいしいです、旦那の温かな気持ちが伝わってきます」

「むほっ、くすぐりがうまくなったな」

「今日はなんぞ、事件でも？」

「察しがいいな。食いながらでいいから聞いてくれっか」

「はい、どうぞ」

この数日に起こったことを、左内がかい摘《つま》んで話す。

板橋宿の雁治屋喜和蔵が機織娘の小夜に殺された件から始まり、また一方では、世間があっと驚くような大変な書付けが何者かに盗まれたことまでを話す。書付けの闇の値は何百両か、何千両か、それを火盗改めの役人が躍起になって追っている。そこに陰謀めいたものも感じられる。書付けの件に関しては大鴉の弥蔵の名は伏せた。

「どうでえ、おめえの耳にゃどう聞こえた」

「ちょっと待って下さい」

箸の手を止め、お雀は考え込んだ。

「おいおい、そんなに難しい事件かよ」

「これはとても奥が深そうですね」

「どこが」

「小夜って娘、どうして主殺しを」

「初めはそんなつもりはなかったんじゃねえか。なりゆきでそうなったとしか思えねえ。ともかく機織娘が逃げんのはしょっちゅうらしいぜ、ひどくこき使うみてえだからな。それよりお雀、書付けの一件なんだが」

「そこへ行く前に、雁治屋殺しの辺りをもっと詳しく」

「ええっ、そこかよ」

左内は面食らい、雁治屋の土蔵へ踏み込むと、兇行のあった場所の近くに物を隠す妙な穴があったことを明かす。

するとお雀はみるみる目を光らせ、

「なんのための穴なのかしら」

「そりゃおめえ、金か物か、亭主がそこに秘密のもんをしまっといたんじゃねえのかな」

「穴のなかは空だったんですね」

「何もへえってなかったよ」

「小夜が何かを持ち出したとは考えられませんか」

「そう思って女房に金は取られてねえかと聞いたんだ、するってえと、それはねえとよ」

「金でなければ、書付け」

左内をじっと見てお雀は言う。

「か、書付けったっておめえ、それじゃ火盗改めが探しまくってるそのもんになっちまうぜ。そんなことがあるものかよ」

「書付けの件はどこから仕入れたんですか」

「それは言えねえのさ」

困った顔で左内が言う。

「このあたしに言えないことって……」

「すまねえ、こいつばかりは明かすわけにゃゆかねえんだよ。おれの役職上の秘密だな」

天下の大盗と裏でつながっているとは、如何《いか》にお雀でも打ち明けられない。

「そうですか」

小夜が冷やかな声になった。

「いろいろあるんだ、おれを責めるなよ」

「責めてなんかいません、ただ……」

「ただ、なんだよ」

「水臭いんですね、旦那って」

「うわっ、勘弁してくれよ、そういう言い方はよ」

「穴に戻ります」

「えっ」

「一介の機織屋がなんで蔵にそんな穴をこさえたのか。それは家の人に内緒で何かを隠すためとしか思えません」

「ああ、そりゃそうだ」

「雁治屋喜和蔵の素性、調べてみる必要があるんじゃありませんか」

「只の機織屋じゃねえかも知れねえってか」

お雀がうなずき、

「そもそもなぜ板橋宿なのか、江戸に近いそんな所で機織屋をやらずとも、上州《じょうしゅう》とか甲州《こうしゅう》とか、そっちの方が何かと都合がいいですよね」

左内は目が覚めたようになって、

「冴《さ》えてるな、おめえ」

「旦那の知恵袋ですから」

「なんで知ってんだ」

「前にあたしに言ったことが。それを聞いてとってもいい気分でした。旦那のお役に立ててると思うと幸せなんです」

「あっ、いけねえ、泪が出そうになっちまったぜ」

お雀がにっこりして、

「そういう旦那の嘘《うそ》っぽいところも好きですよ」

左内が「ぎゃふん」となった。

十

東光山《とうこうざん》西福寺は浄土宗《じょうどしゅう》で、京都知恩院《ちおんいん》の末寺である。寺地は六千百七坪と広大だ。

夜ともなると、樹木に覆《おお》われた境内は深山《しんざん》のなかにでも居るような錯覚を覚えさせた。

ひゅうっと冷たい夜風が吹いて、小夜は心細い思いで佇《たたず》んでいた。他に人影は皆無だ。

小夜の手には十両包みがしっかりと握られている。千成屋扇太郎は本当に来るのだろうかと、不安でならない。気掛かりなのは昼間のやくざ者たちで、扇太郎が彼らに捕まってなければと、心から無事を祈っていた。曰く因縁のありそうなあの扇太郎の心配をなぜしてやるのか、それは十七歳の乙女ゆえ、純だからにほかならない。たとえ主殺しを犯していても、小夜の心はまっすぐなのだ。

忍ぶような足音がし、小夜がはっとなってふり返ると、扇太郎が青い顔で立っていた。

「来てくれたんだね、小夜さん」

「無事でしたか」

「追いつかれて、やられちまったよ」

左頬《ひだりほお》の殴打《おうだ》の痕《あと》を見せる。

「まあっ、大丈夫ですか」

「やみくもに逃げきった、もう追って来ないだろう」

「これ、お返ししときます」

十両を扇太郎の手に握らせ、

「あのう、聞いてもいいですか。どういう筋のお金なんですか」

「うちのお店《たな》から持ち出した金なんだ。あのやくざどもは賭場《とば》の連中でね、本当は博奕《ばくち》でこさえた借金として返さなくちゃいけないいんだけど、それが惜しくなって逃げ廻っていたのさ。奴らの賭場がいかさまやっててんのを知ってってから、馬鹿馬鹿しくなったんだ」

「そういう事情だったんですか。でも扇太郎さん、悪いことは言いません、もう博奕はおやめんなった方が。ろくなことがありませんよ」

「うん、わかってるよ。これでも家業の札差もちゃんとやってはいるんだ。うちのお父《と》っつぁんは口うるさい人でね、わたしの顔を見ればがみがみと。ついそれに反撥《はんぱつ》して手慰《てなぐさ》みに手を出しちまう。このところそれの繰り返しなんだよ」

「いい人は居ないんですか」

　気になっていることを聞いてみた。

「居やしないよ、そんな人。居たらもう少し変わっていたかも知れないね。そばに居て世話を焼いたり心配してくれる人が、居ると居ないとじゃ違うんだろうけど」

「そうですよ、扇太郎さんならきっとすぐに見つかるはずです」

「どうしてそう思うんだい」

「だって扇太郎さんは男前だし、気っぷも悪くないじゃありませんか。大抵の娘さんは惚《ほ》れると思いますよ」

「じゃ小夜さん、おまえさんは?」

「えっ」

小夜の胸が早鐘《はやがね》のように鳴った。

「わたしに惚れてくれるかい」

小夜は頬を染め、次の言葉が出てこない。

「おまえさんはどういう人なんだい。わたしとは今んところ行き当たりばったりみたいな仲だけど、正直言うと、これで終わらせたくないって気持ちになってるんだ」

小夜が不意に押し黙った。

「どうしたんだい、急につれなくなって」

「これっきりにしましょう、扇太郎さん。あたしはここで帰りますんで」

「なんでさ、まだ話は終わってないよ」

去りかける小夜の袖を扇太郎がつかんだ。

二人の目と目がぶつかった。

「詳しいわけは話せませんが、あたしは扇太郎さんとおつき合いが出来るような女では」

「だったら得心のゆく説明をしておくれ」

「出来ないんです、それは」

どうして主殺しの女だと言えようか。

「諦《あきら》めろと言うのかい」

「諦めるとかなんとか、まだそんな仲では」

「ひと目逢《あ》った時からおまえさんに懸想《けそう》したんだよ。あの茶店で小夜さんは何か思い詰めて寂しそうにしていたね。その姿がわたしの胸を打ったんだ」

「やめて下さい、扇太郎さん」

「わたしを拒むわけがどこにあるんだい」

「あるからお断りしてるんです。人に言えない事情があたしをがんじがらめにしているんです。ですから忘れて下さい」

「よし、わかった、よっくわかったよ」

いきなり扇太郎が小夜を抱きしめ、強引に唇を吸った。

小夜は抗わず、されるがままだった。

第二章　密書

一

布引左内にはお雀とは別にもう一人、音松《おとまつ》という手先が居た。

音松の正業は売り商いだが、十二月から正月末までは暦売《こよみう》りと決まっていて、それ以降は吉原細見《よしわらさいけん》、番付売り、絵草子《えぞうし》売りなどに転ずる。また瓦版屋《かわらばんや》にも出入りし、瓦版を売ることもあった。

色白でのっぺり顔、独り身の音松は二十半ばで小才が利き、身軽が身上の男である。それだけに左内に重宝されていた。お雀が知恵袋なら、音松はたった一人の実働隊といったところか。

板橋宿の雁治屋事件のおおよそを左内から聞かされ、音松は喜和蔵の調べを請負った。また雁治屋から脱走したお里とお君が、放れ駒で働いていることを知らされ、立ち寄って二人から話を聞くことにした。

お勝に断った上で、話の内容を聞かれたくないので、音松はお里とお君を近くの茶店へ誘い出した。まだ昼前のことだ。

「店はどうだい、お勝さんはよくしてくれるかい」

まずは二人に放れ駒の居心地を聞く。音松は左内とよく放れ駒で事件の情報交換をするのだ。

すると二人は目を輝かせ、初めは酔っぱらいの相手をするのが嫌で腰が引けたが、客が皆やさしくしてくれ、お勝以外に女っ気のない店に若い娘たちが働きだしたので、以前より客足が増えてお勝は喜んでいる。住居も店の近くの長屋を探して貰《もら》い、二人でそこに住んでいるという。

音松は頃合《ころあい》よしと見て、

「おめえたちが居た雁治屋のことを聞きてえんだが」

そう言うと、お里とお君は共に表情を曇らせた。脱走を考えたくらいなのだから、いい思い出があるわけはない。

「主《あるじ》の喜和蔵はどんな人だったね」

二人はうんざり顔で見交わし合い、

「嫌な奴《やつ》、悪い奴、それに尽きますね」

お里が言い、死んだ人の悪口は言いたくありませんがと断った上で、

「小夜ちゃんは不運だったとしか言いようがありません。きっと妙な成行でそうなっちまったんでしょうけど、今でも残念でなりませんよ。親方は強欲で酒癖が悪く、けちで根性曲がりで、いいとこなんてひとつもない人でした。おかみさんも褒《ほ》められた人じゃありませんけど、まだ親方に比べればましです」

次いでお君が言う。

「親方はあたしたちには辛《つら》く当たっときながら、外の人にはへつらいをする人でしたよ」

「外の人ってな、たとえばどんな？」

するとお里が声をひそめ、

「どっかのお役人が時々顔を見せに来るんです。その人も役人風を吹かす嫌な奴でした」

「どこの役人かわかるかい」

音松が興味深く尋ねる。

「言わないんですよ、それが」

「町方じゃねえんだな」

お里はうなずき、

「身装《みなり》は布引の旦那《だんな》とおんなじです。黒の紋付羽織《もんつきはおり》に白衣帯刀《びやくえたいとう》でした」

白衣とは着流しのことを言う。

「十手は持っていたかい」

「ええ、凄《すご》く長くて大ぶりなやつを」

それなら火盗改《かとうあらた》めだと、音松は内心で当たりをつける。

「その役人の名めえは」

「どうしたわけか、親方はその人のことをあたしたちの前では呼ばないようにしてましたね。ですから旦那、旦那とぺこぺこして」

お里がつづける。

「顔を出すのは一人だけかい」

「ほとんどおなじ人でしたけど、たまに連れが一緒のことも」

言いながらお里はお君を見て、

「かれこれ二、三人居たわよね」

「うん、そう。黒羽織のお侍はいつもおなじ人だったけど、後は人相のよくないそこいらの破落戸《ごろつき》みたいな怖い連中でしたよ」

火盗改めの役人と密偵が二、三人ということかと、音松はざっと胸算用する。密偵どもの人相が悪いのは当然と言えば当然で、彼らは前歴や曰《いわ》くがあり、なかには元犯《はん》科《か》人《にん》もいるほどだ。

「つまり喜和蔵旦那はお上の手先でもしていたのかな、おいらみてえに」

「ううん、手先と言っても音松さんみたいに聞込みや動き廻《まわ》ったりするんじゃなくて、板橋宿に居ながら何かの調べをしていたとか、親方はそんな感じでしたねえ」

「もうひとつ聞くがよ、喜和蔵って人はどっから来たのかな、それになぜ機織屋《はたおりや》を始めたのか」

過去の話になるとお里もお君も何も知らないらしく、共に首を横に振った。

「おっと、もうひとつだ」

音松が二人の娘の胸許《むなもと》を交互に見比べて、

「おっぱいの大きいのはどっちなんだい」

戯《ざ》れ言《ごと》を言われ、二人は見交わして音松をきりりと睨《にら》んだ。

「あはっ、睨まれちまったぜ」

それなりの収穫はあったから、音松は二人に礼を言い、軽やかな足取りで板橋宿へ向かった。

二

　大鴉の弥蔵が上野池之端の米問屋に忍び込み、金五十両を盗んだ夜に家のなかで小僧と鉢合わせとなった。小僧に誰《だれ》かと問われ、弥蔵は悪びれもせずに名乗って消え去った。

　それが昨日《きのう》になって、小僧が下谷車坂町《したやくるまざかまち》の東岳寺《とうがくじ》という寺に主から用を言いつかって出掛けたところ、寺の近くで弥蔵にばったり遭遇《そうぐう》したのである。弥蔵は一文字笠《いちもんじがさ》を取っていて、小僧には気づかずに行き過ぎた。

　小僧は膝《ひざ》の震えを覚えながらも、主家に押込んだ盗《ぬす》っ人《と》の居場所を突きとめようと、懸命に後をつけた。すると三味線堀《しゃみせんぼり》の辺りで見失ってしまった。小僧はその足で北町奉行所へ駆け込み、

「大鴉の弥蔵を見つけました」

　と事の一部始終を告げた。

　小僧の訴えに、役所内はたちまち騒然となった。

　吟味方与力《ぎんみかたよりき》巨勢掃部介《こせかもんのすけ》は、与力詰所に定廻《じょうまわ》り同心たちを招集し、小僧の証言を踏まえた上で下命した。

「三味線堀を中心にして、下谷一帯の探索を致せ。そこいらにかならずや大鴉の隠れ家があるはずだ。今度こそひっ捕えて参れ」

一同が口々に応《こた》える。

布引左内も末席に座して居て、一人胸をざわつかせていた。

（あの野郎、どうして下谷なんぞをうろついていてやがったんでえ。見られているのを知らねえで、小僧と思って油断したな）

捕まって貰いたくない、というのが本音だった。

田鎖猪之助、弓削金吾らが、手柄を立てんと先を争うようにして詰所から出て行った。

左内も立ちかけると、巨勢が呼びとめた。

「待て、左内」

「はっ」

左内が座り直して、巨勢の方を見た。

巨勢は老齢で、ふだんは立場上厳しい顔ばかり見せているが、左内にだけはなぜかやさしい。彼の飄々《ひょうひょう》とした人柄が気に入っているのだ。

「その方には、ちと別のことを頼みたい」

「大鴉の召捕《めしと》りに向かわなくてもよろしいのですか」

　巨勢は肩を揺すって笑い、

「捕まるものか、大鴉が。それに本音を申さば、奴の捕縛などわしはどうでもよいと思っている」

　左内が面食らって、

「吟味方与力殿のお言葉とも思えませんが。大鴉は天下を騒がせし大盗でございまする」

「彼奴《きやつ》は血を流さぬ盗っ人だ。それを信条としておろう。わしはそこが気に入っているる」

　もっともだと思うが、左内は辺りの耳目を気にして、

「声が大きゅうございまする、巨勢殿。盗っ人を気に入ってどうしますか。あ奴は捕まれば間違いなく死罪の大罪人なのですぞ」

　そんなことは願っていないが、もっともらしい口調で言った。

「実はその方に会って貰いたい人物がいる」

　巨勢が急に話題を変えた。

「はて、お話がよく見えませぬが」

「大野《おおの》八兵衛《はちべえ》と申す浪人がいる」

「はあ」

「この者が難儀を抱えておってな、話を聞いてやってくれぬか」

穏やかながら、左内が探る目をくれて、

「どうやら只《ただ》の浪人ではないようですな」

「察しがよいな、さすが左内じゃ。大野という名を聞いてぴんとこぬか」

「はあて、そう申されましても、みどもにはとんと……」

左内が首を傾《かし》げる。

「大野と申さばあれしかおらぬではないか」

「へっ？」

「大元は大野九郎兵衛《くろべえ》じゃよ」

「な、なんと……」

驚く左内に、巨勢は被《かぶ》せるように、

「わかるな」

「その大野殿なら、赤穂《あこう》四十七士と袂《たもと》を分かち、吉良邸《きらてい》討入りに参加せず、城代家老《じょうだいがろう》大石内蔵助《おおいしくらのすけ》殿より公金だけ貰い、いずこへか行方《ゆくえ》をくらませたあの大野殿にございましょう。大野九郎兵衛殿は未《いま》だに卑怯者《ひきょうもの》の誹《そし》りを免れず、汚名を着たままのはずにござる」

元禄《げんろく》十四年（一七〇一）三月、播州《ばんしゅう》赤穂藩藩主浅野内匠頭長矩《あさのたくみのかみながのり》は、勅使饗応役《ちょくしきょうおうやく》を仰《おお》せつかるも、指南役《しなんやく》である吉良上野介義央《こうずけのすけよしなか》から度重なる辱《はずかし》めを受け、殿中松之廊下《まつのろうか》にて刃傷《にんじょう》に及んだ。城代家老大石内蔵助良雄《よしお》は事件の翌年、総勢四十七人の義士と共に吉良邸に討入り、主君の仇《かたき》を討った。

それが世に名高き赤穂事件の顚末《てんまつ》だが、それだけの大事件だけに後々尾鰭《おひれ》がつき、美談化もされ、歌舞伎《かぶき》狂言にまで取り上げられたが、起きた事件は真実であり、赤穂浪士の純粋な武士道を貫いた精神性に偽《いつわ》りはない。

その当時、大石は千五百石、おなじ家老でも大野九郎兵衛知房《ともふさ》は六百五十石であった。

大野は実務派で財政通だったが、元より忠臣派とは反りが合わず、主君が刃傷事件さえ起こさなければ、浅野家の有能な一重役として平穏な生涯を送ったものと思われる。

主君の刃傷、切腹の報を受け、開城か籠城《ろうじょう》かで藩論が真っ二つに割れた当初から、大野は開城論を主張し、お上に逆らうのは損であり、籠城抗戦の後に一同で切腹など正気の沙汰《さた》とは思えぬと、大石と真っ向から意見対立した。それが運命の岐路《きろ》となり、去る者は去って、残る者は残る結果となった。公金の分配になった時も、大石は下に厚く、上に薄い比率を考えたのに対し、大野は禄高《ろくだか》通りの配分を主張したが聞き入れられなかった。

お家《いえ》存続が叶《かな》わぬとわかるや、大野は伜《せがれ》郡右衛門《ぐんえもん》をうながして家財道具一式を纏《まと》め、家族共々夜逃げ同然に遁走《とんそう》したのだ。その後、大野一族の行方は杳《よう》として知れず、長い歴史の陰に埋もれてしまったのである。

「通説に則《のっと》るならば、九郎兵衛殿の行いはまさにその通りじゃ」

巨勢が莞爾《かんじ》として首肯する。

「しかし、お待ち下さい、それは元禄の御世《みよ》の出来事、もはや幾星霜《いくせいそう》を経て……えっと、何年経《た》ちますか」

左内は指折り数えて、

「百十年以上も昔のことにございまするぞ、巨勢殿」

「承知している、誰もが知っていることではないか」

「で、では大野八兵衛殿と申すは、その子孫だとでも？」

巨勢がうなずき、

「何代目かは知らぬがの、大野八兵衛殿は正真正銘の大野九郎兵衛殿の末裔《まつえい》なのじゃよ。内密で大野家の家系図も見せられたわ」

「どこでお知り合いに」

左内の問いに、失笑しながら巨勢は打ち明ける。

「つまらん所じゃよ。上野山下の湯屋での、二人して別嬪《べっぴん》の湯女《ゆな》を取り合ったのがきっかけであった」

左内は一瞬ぽかんとし、耳を疑って、

「はあ？　巨勢殿が湯女に懸想《けそう》を……信じられぬお話でございますな。確かあっちの方はもういかんと、以前にさも哀《かな》しげに申されておりましたが」

「そんなことを言った覚えはないぞ」

「いいえ、申されました」

「そうかな。たまに元気になる」

言って、にんまり笑う。

「は、はあ、まあそれは……」

左内の方が恥ずかしくなる。

巨勢はつづける。

「湯屋で裸同士のつき合いをするうち、八兵衛殿は胸を開くようになり、わしに一身上の秘密を打ち明けた」

「ちょっ、ちょっと、その……」

左内は自分でもわからないが、なぜか慌てていて、

「その大野殿、もしや偽者ではございませんかな」

「偽者だと?」

「いや、その、如何《いか》に系図を見せられたとは申せ、そんなものはでっち上げが出来ます。ごくたまに名家の出と偽る輩《やから》が出没致しますので。あっ、いえいえ、大野九郎兵衛殿は討入りから逃げたのですから、名家とは言い難いですな」

「それを申すでない」

巨勢が叱責《しっせき》する。

「さ、左様でございました、これは失礼を。ではその八兵衛殿がどのようなお悩みを?」

われ知らず、左内は膝を乗り出していた。

「実は大野九郎兵衛殿より伝わりし密書が、何者かの手によって盗まれたと、八兵衛殿は申すのじゃ」

「どのような密書なのですか」

「それは……」

巨勢が言い淀《よど》み、左内が目顔でせっつく。

「八兵衛殿は、大石殿が大野殿に託されし密書だと申しておる。密書の中身については、わしもまだ聞いておらんのだ」

「ええっ」

驚愕《きょうがく》し、左内は次の言葉が出てこない。

「大石殿と申さばその方の元祖ではないか」

「はっ？　仰せの意味が」

「昼行燈《ひるあんどん》じゃよ」

左内がぎゃふんとなった。

三

千成屋扇太郎が小夜を連れて行った先は、柳橋《やなぎばし》近くの浅草下平右衛門町《あさくさしもへいえもんちょう》で、その裏通りにある仕舞屋《しもたや》であった。

翌日になって知ったことだが、そこは猿《さる》の市《いち》という座頭《ざとう》の家だった。

あの晩、西福寺からまっすぐここへ来て、扇太郎は小夜を二階へ誘い、そこで男女の関係を持った。猿の市に引き合わされたのは翌日だったので、その時はそこが誰の家かはわからなかった。

小夜は生娘だったから、多少の怖《おそ》れはあったものの、扇太郎を信じて身を任せた。初体験に関しては、お里やお君などからいろいろ聞いていてそれなりの知識はあったが、やはり実体験は違って、小夜は生まれ変わったような気分を味わった。衝撃でもあったが、悔いはなかった。

抱かれた後、小夜が階下の厠《かわや》へ行って戻って来ると、脱いだ小袖《こそで》がきちんと畳まれてあった。扇太郎がなぜそんなことをするのかと不思議な思いがしたが、その時は格別変だとも思わず、お礼を言った。扇太郎の手が伸びてきてまた媾《まぐわ》いが始まり、小夜は着物のことなど忘れてすぐ行為に夢中になった。

二人がそうなった次の日、猿の市が朝飯の膳《ぜん》を運んで来た。そこで初めて猿の市と顔を合わせたのだ。階下の人の存在すら忘れていたので、小夜は恥ずかしくなって顔が上げられなかった。

小肥《こぶと》りで剽軽《ひょうきん》な人柄の猿の市はもう若くなく、小夜は扇太郎に引き合わされた時に警戒心を持たなかった。それどころか好感さえ抱いた。扇太郎は猿の市を昔馴染《むかしなじ》みなのだと言い、二人は「扇ちゃん」「猿ちゃん」と呼び合う仲だった。

初対面の小夜を前にしながら、隣家から三味の音が聞こえてくると、猿の市はつい浮かれて身振り手振りを始めるような手合いだったから、小夜は単純にこの人はいい人だと思った。人を見る目などない十七歳の小娘なのだから、無理はないのだ。

猿の市は按摩《あんま》、鍼治療《はりちりよう》を表向きにし、高利貸しを生業《なりわい》としていた。いわゆる『座頭金』というもので、盲人ゆえに貸金業を許されるも、本来高利の貸付けは御法度《ごはっと》のはずだ。それが『盲人は不憫《ふびん》である』という観点から、幕府の保護政策によって座頭の高利貸しは容認されていた。

猿の市が去ると、小夜は夜具に腹這《はらば》いになって、扇太郎に立て続けに質問を浴びせた。

まず「お家《うち》のことを聞かせて」と言った後に、「ふた親さんはどんな人なの」「兄弟姉妹はいるの」「札差《ふださし》の仕事ってどんなことをするの」「扇太郎さんは跡継ぎなの」。どんなことでもいいから扇太郎のことはすべて知りたいと思い、小夜は子供のように熱心に聞込んだ。

扇太郎はうるさがらず、それにきちんと答えてくれた。

ふた親がまださほど高齢ではないので、当分は店の実権は握っているはずで、扇太郎が自由にしていられるのは向こう五、六年ほどだと言う。いつかは店を継ぐことになるはずだ。下に妹が一人居るだけで、他に係累はない。そんなに生真面目《きまじめ》にやってきたわけではないが、そろそろ嫁を貰わねばと思ってはいる。扇太郎は現状を包み隠さずに語った。

嫁の話が出て、小夜は逃げだしたいような気持ちになった。

もし今、扇太郎から乞《こ》われ、そういう話になったらどうしよう。自分は主殺しの大罪人なのだ。とても堅気の商家になど嫁げる女ではない。いつかお上の手が伸びたら、扇太郎も疑われてお縄を受けるかも知れない。自分の仕出かした罪科で、扇太郎に迷惑をかけるわけにはゆかない。

しかしもう扇太郎から離れることは出来ないと、小夜は感じていた。身も心も扇太郎の色に染まり、彼なしの人生など考えられなくなっていたのだ。

(どうしたらいいの)

小夜は罪深いおのれを呪《のろ》った。

それから数日が経った。外へ出たくないので、仕舞屋から一歩も出ず、扇太郎と乳《ちち》繰《く》り合《あ》ってばかりいた。猿の市は出掛けることが多く、二人にとってその家は新所帯のように思え、心楽しい毎日だった。

猿の市は帰って来るとかならず土産《みやげ》を差し入れてくれ、鰻《うなぎ》や天ぷらに舌鼓《したつづみ》を打ち、小夜は幸せだった。三度に一度は猿の市がご相伴《しょうばん》し、三人は奇妙な雰囲気で食事を摂り、それもまた小夜にとっては楽しかった。

その日も猿の市が不在で、小夜は二階の窓からぼんやり通る人を見ていた。小夜の目からは誰もが幸せそうに映った。自分も今は幸せな気分のなかにいるが、それはあくまで束《つか》の間《ま》と思っている。主殺しの大罪人なのだから、いつかはそのことが発覚し、扇太郎との仲も破綻《はたん》するに決まっているのだ。

そんなようにして、若い娘らしく浮き立つ気持ちの時もあれば、暗く落ち込むこともあった。

柳橋を渡って、扇太郎がやって来るのが目に入った。

小夜が嬉《うれ》しい顔になって小さく手を振っても、扇太郎はうつむき、暗い表情でこっちに気づかない。

(何かあったのかしら、扇太郎さん)

小夜は不安を覚えた。

扇太郎は二階へ上がって来るなり、小夜の前に座り、うなだれて黙りこくっている。

小夜は胸が騒いだ。

「どうしたの、何かあったの、扇太郎さん」

「小夜……」

何か言いかけ、扇太郎はまた沈黙した。

「黙ってちゃわからないでしょ、何があったのか教えて」

小夜は扇太郎に膝行《しっこう》し、膝に手を掛けて揺さぶった。

扇太郎は顔を上げ、小夜の目をじっと覗《のぞ》き込んで告白を始めた。

「小夜、やっぱりわたしは殺されるよ」

小夜が息を呑《の》んだ。

「賭場《とば》の人たちに見つかったの」

「あの連中ならまだいい。そうじゃない人たちなんだ。相手はお武家なんだよ」

「ええっ」

武家と聞くや、小夜は怖ろしくて血の気が引く思いがした。

「詳しく話して、扇太郎さん」

「賭場で借りた十両の証文を、どんな事情か知らないけど、やくざどもが浪人たちに売り飛ばしたんだ。だから今度は浪人たちに追われる羽目《はめ》に……」

小夜は絶句し、目の前が真っ暗になった。

わが身に呪いが、また降りかかってきたような気がした。

四

翌日の昼、浜町河岸《はまちょうがし》に面した蕎麦屋《そばや》の二階で、左内と音松は衝立《ついたて》で囲まれたなかで向き合っていた。両国橋《りょうごくばし》の上で二人は落ち合ったのだ。

音松は旺盛《おうせい》にかけ蕎麦を二人分食い、酒も飲んでいる。左内はこれから人に会うので、蕎麦だけにしている。

「板橋宿の機織屋雁治屋喜和蔵ってな、どうやら火盗改めの手先を務めていたようなんでさ」

予想していたことなので、左内の方に驚きはなく、天ぷら蕎麦を啜《すす》りながら話の先をうながす。弥蔵やお里、お君の話から推量しての予想である。

「ところが板橋くんだりで喜和蔵が何を探っていたかってえと、こいつがそうおいそれとわからねえようになっておりやして。随分と聞き廻ったんですがいけやせんでした。旦那の方でなんぞ察しはつきやすかい」

「おれにわかるわきゃねえだろ、だからおめえに調べを頼んだんじゃねえか」

「へえ、仰せの通りで」

音松はちびちびと酒を飲むと、

「あそこいら板橋にゃ、関東郡代松山軍太夫《かんとうぐんだいまつやまぐんだゆう》様の出張陣屋《でばりじんや》があるんですよ、ほかじゃ郡代様はなくなっておりやすが、板橋だけ残って陣屋もそのまんまなんでさ。知っておりやしたかい」

「いいや、初耳だが」

と言った後、左内は何かが閃《ひらめ》き、

「待てよ、火盗改めが郡代を見張っていたってなどうでえ。それを喜和蔵にやらせていたんだ」

「なんで火盗改めが郡代を見張るんですよ。だとするなら、郡代の方になんぞ疚《やま》しいことでも」

「あったら面白えな」

音松は居心地悪そうになって、

「どうも話がやべえ所へ行きそうでがすね、あっしはちょいと御免蒙《ごめんこうむ》りたくなってきやした」

「安心しろ、おめえに火の粉は被らせねえからよ」

「へえ、お願え致しやす」

「で、喜和蔵の前歴はよ」

「そいつぁわかったんですよ。喜和蔵が流れて来たな上州松井田《じょうしゅうまついだ》とやらで、どうやら元は博奕打《ばくちう》ちだったんじゃねえかと。板橋におなじような素性《すじょう》の奴がおりやしてね、そいつから聞いたんでさ。上州に居た頃の喜和蔵は素寒貧《すかんぴん》だったのに、板橋へ来てから急に羽振りがよくなったと。そういう喜和蔵が江戸に出て、火盗改めとどっかでつながってても不思議はねえですよね」

「さもありなんだな」

「あっし如《ごと》きでもわかるのは、機織屋は隠《かく》れ蓑《みの》だったみてえな」

「おれもそう思ってるぜ」

「後は主殺しの小夜の行方なんですが」

「なんぞわかったか」

「江戸の町中に紛れ込んだのは確かみてえなんですが、その先がぷっつりなんでさ」

「おれぁ小夜を追うつもりはねえぜ」

左内がぼそっと言う。

「そりゃどうしてなんで」

「どう見ても罪があるのは喜和蔵の方だろ」

「へえ、まっ、確かに」

「手が空いたら火盗改めと郡代を調べてみらあ」

「おっかねえ人ですね、旦那ってな」

「そう思うか」

「主殺しにゃ目もくれねえで、今の的はずばり火盗改めと郡代でがんしょ。旦那らしいですぜ」

「そのくれえにしておけ。火の粉を被りたくねえんだろ」

「へっ、もう余計なことは」

「お里とお君はどうしている。このところお勝の所にゃ行ってねえんだ」

「二人とも元気にやってますよ。すっかり客受けして、お勝さんも大喜びで」

「それでいい、じゃあな」

「これから旦那はどちらへ」

「おめえ、余計なことは言わねえと言ったばかりじゃねえか」

「わ、わかりやした」

左内から二分《にぶ》ほどの金を貰い、音松は先に出て行った。

左内は立ちかけ、音松の残り酒に目をやって、きゅっとひと口だけ飲んだ。

これから大野八兵衛に会うつもりだった。

五

浪人大野八兵衛は、薬研堀《やげんぼり》の裏長屋に住んでいた。

左内が訪ねて路地へ入って来ると、八兵衛は家の前で米を研《と》いでいた。髪に白いものが混ざっているので、すでに初老のようだ。家のなかに人の気配はない。

「大野八兵衛殿にござるか」

左内が折り目正しく一礼して言う。

八兵衛は眩《まぶ》しいような目で左内を見て、

「巨勢殿の引廻しで見えられたか」

「御意《ぎょい》、布引左内と申します」

「お名は聞いております。まっ、入られよ」

二人は座敷で向き合った。

「巨勢殿と湯女を取り合ったと聞きました。誠のことにござるか」

左内の言葉に、八兵衛は苦笑して、

「滑稽《こっけい》でござろう。いい年をした男二人が若い湯女を挟んで鍔迫《つばぜ》り合《あ》いを。世間に知られたくない話でござるよ」

「まっ、それはそれとして、お二人ともお元気で何よりかと。みどもなどには考えられん話です」

「男はの、女から目を背けるようになったらおしまいじゃ」

「はっ、如何にも」

言った後、左内は家のなかを見廻し、

「ここにはお独りでお住まいですかな」

「妻には先立たれた。子は元よりおらぬ。ゆえに大野家もこれで店仕舞いじゃよ」

侘《わび》しげに言う。

「ご貴殿で何代目になるのですか」

「四代目に相なる」

「左様で……」

頃合を見計らっていた左内が、満を持して本題に入る。

「巨勢殿から聞いた話では、大石殿から大野殿に託された密書が何者かに盗まれたとか」

八兵衛が深くうなずき、

「それで困っており申す。あれだけはわしが死ぬまで持っていなければならぬ。このままでは大野九郎兵衛殿に申し訳が立たぬでの」

八兵衛は九郎兵衛に『殿』をつけて呼ぶ。先祖への敬いの気持ちなのか。

「いや、その、正直驚いており申す。大石内蔵助殿が藩を見限った大野九郎兵衛殿に如何なる密書を。世間の思惑をまったく越えるものでござるな」

「そうなのじゃよ。あってはならぬこと、とまでは申さぬが……」

そこで八兵衛は失笑し、

「大石と大野が仲良くしてはならんのじゃ。忠臣蔵《ちゅうしんぐら》の物語を根底から覆《くつがえ》すことに。したが事実なのでござるよ」

「仔細《しさい》をお聞かせ下され」

左内が八兵衛の顔を覗き込み、話の先をうながした。

八兵衛は二人分の茶を淹《い》れながら、

「大野九郎兵衛殿が赤穂藩から逃げだしたのは真《まこと》のことのようじゃ。しかし戯作《げさく》などによると大野と大石は通じ合っておらぬ、ということになっている。ところがどうもそうではないような」

左内はわくわくしてきて、

「そのこと、書き記したものなどはございますまいか」

「証拠は何もない。当家代々の申し伝え、としか言いようがないのじゃよ」

落胆《らくたん》するも、左内はさらに先を知りたくなって、

「して、どうなりましたか、九郎兵衛殿は」

八兵衛が大野家に伝わる九郎兵衛の顚末《てんまつ》を語る。

大石一派と志を異にし、赤穂を見限った大野一家は人面獣心の輩として蔑《さげす》まれ、もはや三界に身の置き所なく、諸国を転々とする羽目になった。

仕官など叶うわけもなく、赤穂から遠く離れた地で浪々暮らしを始めるも、やがてどこからか身分が知れ、またしても誹られ、転宅を余儀なくされた。

ところが奈良《なら》に隠れ住む九郎兵衛の元へ、ある日一人の武士が訪ねて来たのである。それは大石の腹心、忠臣の岡嶋八十右衛門《おかじまやそえもん》であった。かつて九郎兵衛と岡嶋の間には確執があり、主君刃傷の折にはひと悶着《もんちゃく》あった仲であったのだ。だがすでに岡嶋は討入りの決意を固めており、旧時に一切触れることなく、大石から託された密書を九郎兵衛に差し出した。吉良邸討入りの半年前のことであったそうな。

「何が書いてあったのでござるか」

左内が固唾《かたず》を呑むようにして問うた。

「これはの、しらふではとても語れぬことなのじゃよ、布引殿。酒はやらぬか」

「いえ、いえいえ、飲ませて下され」

八兵衛は酒の支度をすると、再び左内と向き合い、しかつめらしい顔になって、

「では語り聞かせようぞ」

「はっ」

八兵衛は苦い顔で酒を飲み込むと、左内が腰を抜かして驚愕するような、とんでもない話を始めたのである。

それは誰もが想像だにせぬ、『忠臣蔵』の伝説が覆される大事だった。

因《ちな》みに――。

赤穂義士伝を下敷きに、まず歌舞伎狂言として『大矢数四十七本《おおやかずしじゆうしちほん》』が生まれた。それがやがて『仮名手本忠臣蔵《かなでほんちゆうしんぐら》』となって世を博したのは、事件から五十年以上も経った宝暦《ほうれき》年間であった。

六

岡嶋八十右衛門常樹《つねしげ》は討入り時に三十八歳で、赤穂藩では札座《さつざ》（金銭出納《すいとう》）勘定奉行のお役にあり、身分は中小姓《ちゆうごしよう》、二十石五人扶持《ぶち》であった。

赤穂開城時には大石内蔵助の意を汲《く》み、藩札、藩金の引替え分配によく働いた。岡嶋は清廉剛直《せいれんごうちょく》の士だったが、騒動の最中に大野から公金横領の疑いをかけられ、激怒して大野邸へ怒鳴り込んだことがあった。

大事には至らなかったが、以来、岡嶋と大野の仲は開城か籠城かで揺れ動く家中にあって、絶縁状態となった。

その不仲であるはずの岡嶋を、大野への使者として送った大石の真意はまったくわからない。確執のあった二人を和解させようとでもしたのか。そこになんの意味があるのか。

討入りを前にして、少しでも人と人のわだかまりをなくしたいと思ったのなら、昼行燈の腹芸、大石の面目躍如《めんもくやくじょ》ではないか。

とまれ、奈良に隠棲《いんせい》する大野を岡嶋はひそかに訪ねた。どのような思いで大石からの密書を手渡したか。大野は如何にしてそれを受け取ったか。二人の心中を知ることはもはや誰にも出来ない。

しかして、要は密書の内容なのであった。

そこには大石が吉良上野介に宛《あ》てて、

『こたびの赤穂事件に際し、腹かっさばいてくれぬか』

という頼みが認《したた》めてあったと、大野八兵衛は言うのだ。

切腹の嘆願である。

左内は思わず耳を疑った。

俄《にわか》には信じ難い話ではないか。

「大野殿、まさか、そんなことが……」

「真《まこと》のことにござるよ、布引殿」

八兵衛は静かな口調で、左内に言い聞かせるようにして、

「大石殿は出来れば討入りはしたくなかったのではあるまいかの。おのれを含めて四十七人、むざむざ死ぬることはないと思ったのでは。討入りなど致して騒ぎを起こさば、只で済まぬことは自明《じめい》の理《り》であろう。大石殿の心底には、ご主君への理不尽《りふじん》な裁きに対するお上への不満もあった。そこで吉良を武士と見込み、最後の頼みをしてみた。あるいは、もしかして、吉良に花を持たせる目論見《もくろみ》もあったのやも知れぬ」

「それを吉良は聞き容《い》れなかった、大石殿の頼みを無視したのですな」

「左様、ゆえに吉良邸討入りを余儀なくされた。大石殿の頼みに答えぬ吉良はどこまでも卑怯、未練な手合いだったのじゃよ」

そこで八兵衛はふっと苦笑を浮かべ、

「卑怯、未練は大野家の専売のようになっておるからの、世間の者が聞いたなら噴飯《ふんぱん》ものと思うやも知れぬ。しかし布引殿、わしは九郎兵衛殿とは違うぞ」

「はっ、それはその……」

左内は恐縮して口を濁す。

余談ではあるが、吉良上野介の妻富子《とみこ》は、松之廊下の刃傷事件があって浅野に切腹の沙汰が下るや、夫にも腹を切れと迫った。吉良はこれを拒み、夫婦の間に亀裂《きれつ》が生じた。すると富子は夫を見限り、本所《ほんじょ》の吉良邸を出て、実家である芝白銀《しばしろかね》の米沢藩下《よねざわはん》屋敷へ引き上げてしまったのである。武士道を尊ぶ見地から言えば、天晴《あっぱ》れな女と言うべきであろう。気丈な富子だったが、『吉良の妻』という世間の冷たい風には勝てなかったのか、討入りから二年半後、元禄の終わった宝永《ほうえい》元年（一七〇四）、六十二歳で寂しく没した。

左内は八兵衛に問う。

「しかし陰にてのそのお役、なぜ大野殿に白羽の矢を立てたのか。大石殿の真意はどこにあるので」

「今それを申しても詮《せん》ないことであろう、布引殿。吉良にもそうしたように、大石殿はわが九郎兵衛殿にも花道を考えてやったのではないかな。九郎兵衛殿の世評があまりに悪いので、不憫と思うたのやも知れぬ。いずれにせよ、何よりも武士道を尊ぶ大石殿らしいとは思わぬかな」

「はっ……」

左内は暫《しば》し沈黙し、考えていたが、

「ではその密書が、何ゆえ九郎兵衛殿の手許にあったのですか」

「吉良へ差し出されたものは写しで、九郎兵衛殿はなぜか大石殿の直筆のものを所持していた。黒漆《くろうるし》の文箱《ふばこ》に収め、後生大事に持っていたのじゃ。その本物が代々伝わり、半年前までわしが秘蔵しておった」

「それが盗まれたのですな」

八兵衛は苦しい顔でうなずき、

「わしは九郎兵衛殿に合わす顔がない。密書は当家家宝と定めており、それを失った今となっては、この先生きて行く術《すべ》さえ危ういような気もする」

風前の灯《ともしび》のような風情《ふぜい》で八兵衛は言う。

左内が膝行《しっこう》して八兵衛の手を取り、

「お待ち下さい、早まったお考えをしてはなりませぬぞ」

「いや、しかし」

「よろしいか。これはもはや八兵衛殿一人の落胆では済まぬことなのです。今のこの世に大石内蔵助殿直筆の文が出てくるなど、誰が想像致しましょう。しかもその内容が驚天動地ではござらぬか。大石殿が吉良殿へ腹かっさばきの願いをしたとは、天下の誰もが思いもよりますまい」

左内は思いを熱くし、八兵衛に詰め寄るようにして、

「それがどのようにして盗まれたか、事細かにお聞かせ願おう」

「賊は前々より狙《ねら》っていたものと思われる。外出したわしの隙《すき》を衝《つ》き、忍び込んで密書を持ち去った。帰宅するなり、座敷の泥足の跡を見てすぐにわかった。隠し場所を探ってみると案の定密書はなくなっていた。その外出と申すは……」

「湯女に会いに参られたのですな」

八兵衛はうなだれて、

「左様、その湯女はこんな境涯《きょうがい》のわしにやさしくしてくれた。されど女にうつつをぬかした揚句《あげく》に家宝を。恥ずべきことこの上ない。ゆえに斯《か》かる盗難に遭《あ》ったのじゃ」

「それで巨勢殿にご相談なされた」

「湯女を取り合い、他愛もなくいがみ合っておったが、事が事だけに巨勢殿は真剣にお受け下された。感謝の念に耐えぬ」

密書はかならず取り戻してみせると約束しておき、左内は八兵衛の前を辞した。帰る道すがら、考えに耽《ふけ》った。

いったい何者が密書の存在を知っていて、誰に奪わせたのか。それが闇《やみ》の市場に出たなら、何百両か何千両か、途方もない値段がつくはずだ。狙いはそこであろう。考えが行き着いた先に、突如稲妻《いなずま》が閃いた。

左内の獣の勘に訴えるものがあったのだ。

雁治屋の土蔵にあった隠し穴である。

小夜なる小娘が喜和蔵を手に掛けた後、その穴に気づき、黒漆の文箱を手にして中身の密書を読んだとしたらどうだ。小夜は行き掛けの駄賃《だちん》のようにしてそれを奪い去った。

死んだ喜和蔵と火盗改めがつながっていたのなら、火盗改めは躍起になって小夜を追うはずである。いや、すでに追跡は始まっていて、小夜の運命がこの先どうなるか、わかりようもない。

左内はその追跡劇の坩堝《るつぼ》へ割り込み、密書を奪い返さねばならない。もはやそれは巨勢や大野八兵衛のためだけではなかった。

百十数年前の大石内蔵助という男への、鎮魂《ちんこん》のための行いのような気がしてきたのだ。

そこには武士の鑑《かがみ》としての神格化にも近い気持ち、すなわち元祖昼行燈の大石という男に向ける、左内の不思議な思いがあった。

その大石とて密書が白日《はくじつ》の下《もと》に晒《さら》されることは、決して希《のぞ》まぬはずだ。彼がもしこの世にあらば、左内に奪還を頼むかも知れない。

(内蔵助殿、見ていて下されよ。この布引左内、身命を賭《と》してでも密書を取り戻しまするぞ)

おのれの内なる熱情が燃え上がってくるのを、左内はひしひしと感じていた。

それは平々凡々とした町方同心をつづけている身には、とても味わえぬ昂《たかぶ》りであった。

七

その足で左内は隠密裡《おんみつり》に下谷へ向かった。

大鴉の弥蔵を目撃した米問屋の小僧は、下谷三味線堀で見失ったと証言した。そのことから吟味方与力の巨勢掃部介は、定廻り同心らに界隈《かいわい》の探索を命じたが、左内は弥蔵の隠れ家を本人から聞いて知っていた。

それは三味線堀ではなく、少し先の向柳原《むこうやなぎわら》であった。

武家屋敷ばかりが建ち並ぶなかに、ぽつんと商家の隠居所があり、そこの離れを弥蔵は鳶職《とびしょく》という触れ込みで借りていた。いつから住んでいるのかは知らない。

隠居所が見えてきたところで、無数の殺気立った足音が聞こえてきた。とっさに左内は土塀の陰に身を隠す。

定廻りの田鎖猪之助、弓削金吾が大勢の奉行所小者《こもの》をしたがえ、ものものしくやって来た。弥蔵の探索をしているのだ。

「こんな所に大鴉は本当に隠れ住んでいるのか。どこまで行っても武家屋敷ばかりではないか」

田鎖が不機嫌な顔で言うと、弓削も疑り深そうに辺りを見廻し、

「小僧の言うことだからな、あまり当てにならんかも知れんぞ」

左内はさらに身を縮め、やり取りを聞いていて皮肉な笑みを浮かべた。

(ご同役方、ご苦労さん)

心ひそかにつぶやき、一団を見送った。

やがて左内は隠居所の敷地へ入って行き、離れの油障子《あぶらしょうじ》をそっと叩《たた》いた。

しんとしてすぐに応答はなく、やがて油障子を細目に開けて、弥蔵が警戒の目を覗

かせた。

「なんでえ、旦那か」

左内は弥蔵を押しのけるようにし、すばやく家のなかへ入ると土間に立ち、

「ここに居るなよくねえぞ。隠れ家はほかにもあるだろ。おめえは米問屋の小僧に見られて、三味線堀までつけられたんだ」

「やけに役人がうろついていると思ったらそのせいだったか。ここもやばくなってきやがったな」

「おれぁおめえに捕まって貰いたくねえ、わかるだろ」

「ああ、一蓮托生《いちれんたくしょう》だもんな」

「そうじゃねえ、何が一蓮托生だ、ふざけるな。おれぁおめえと組んで盗み働きをした覚えはねえんだ」

弥蔵は意味もなく笑い、

「今日はなんだ、何しに来やがった」

「おめえに折入って聞きてえことがある」

「まっ、上がんねえ。ゆっくりしてけよ。うめえ酒が買ってあるのさ」

左内は座敷へ上がるも落ち着かず、

「そうもしてらんねえ、おれにゃ家庭ってもんがあるんだ。女房が飯を用意して待っている。てめえと違って可愛《かわい》い伜もいるからな」

「そんなに家庭がでえじなのか」

小馬鹿にしたような弥蔵の言い草だ。

「当ったりめえだろ」

「なんてつまらねえ男なんだ、このくそ役人は」

「わかるめえ、おめえにゃ」

「どうせ隠れ蓑なんだろ、旦那にとっての家庭ってな」

「そういうのとも違う、余計な話はなしにしろ」

「いってえ何を聞きてえ」

「おめえの同業のこった、そいつを探しだしてえのさ。てえへんなものが盗まれたんだ」

左内の真剣な目に、弥蔵も座り直した。

八

弥蔵にはすぐにでも家庭に帰るようなことを言ったが、左内は八丁堀へ戻って来ると、巨勢掃部介の屋敷を訪ねた。

もう日の暮れなので巨勢は帰宅していて、左内と客用の座敷で対面した。

「会ったのだな、八兵衛殿に」

「はっ、確《しか》と」

「して、書状の中身はなんであった」

真実を言おうか言うまいか迷うところだったが、ここへ来るまでの道々で結論を出していた。

「中身に関しましては判然と致しませぬな」

巨勢に大石のことは打ち明けまいと決めたのだ。その件を世間に広めたくなかった。巨勢といえども、左内は人の口は信用していない。

「大野家の秘密でも書き記してあったのではないのか」

「その辺は八兵衛殿もはっきり申しません。しかし大野家にとっては大事なものと思われますので、引き続きみどもが調べを」

「うむ、そうしてくれ」

「湯女の件は内密にしておきます」

湯女の名が出て、巨勢は視線を慌てさせ、

「これ、ここでその件に触れるでない。お主も野暮よのう」

「はっ、最前お会いしましたが、奥方殿はきちんとした御方《おかた》のようで」

「わしが尻《しり》に敷かれているとでも申すか」

「いえいえ、そんなことは」

「実はそうなんじゃ」

「あっ、やはり」

左内がにんまりする。急に巨勢に親近感を覚えた。

「お主の所とおなじよ。家内は気位ばかりがなぜか高い」

「息苦しいですな」

「それゆえ湯女に救いを……これ、何を言わせるか」

「ははは、いやいや」

「八兵衛殿はどんな人物であったか」

「九郎兵衛殿の人となりなんぞは知る由《よし》もありませぬが、八兵衛殿はなかなか骨のある御方ではないかと」

「お主もそう思うか」

「はい」

「八兵衛殿が元禄の世にあったなら、義士は四十八人であったやも知れぬの」

左内も同意でうなずき、

「義士伝《ぎしでん》の筋書も変えねばなりませぬ」

「左様」

「八兵衛殿とはこの先も？」

「肝胆相照《かんたんあいてら》らす仲になったのだ。つき合いはつづけるぞ。でなければお主にこんな頼み事はすまい」

「御意。では書状の探索をつづけます」

左内が立ちかけたので、巨勢が止めて、

「一杯やってゆかぬか。うまい食い物もあるぞ」

「あ、いえ、妻子が待っておりますれば」

左内にはもう一軒寄る所があった。

九

本所一つ目の文六長屋を出て、左内とお雀は河岸に並び立ち、滔々《とうとう》たる竪川《たてかわ》の流れを眺めていた。こんな近所でも、お雀は杖《つえ》を突いている。

すっかり夜の帷《とばり》が下り、月明りが川面《かわも》を照らし、川を流れてくる桜の花びらがはかなげな風情を見せている。

「そんな話ってあるの、旦那」

「あるんだよ、おれも驚いたのなんの」

「大石内蔵助様って、どんな人だったのかしら」

「そりゃおめえ、今や神様よ」

「神様？　旦那は崇《あが》めてるの」

「さむれえなら当《あ》た棒《ぼう》だろ」

「ふうん、お武家のことはよくわかんないけど、大変な人だなってことはなんとなく」

「ああいう人は百年に一人出るかどうかよ」

「でもちょっと意地悪よね」

「なんで」

「だって仲違《なかたが》いした人に密書を届けさせたんでしょ」

「深謀遠慮《しんぼうえんりょ》って言って貰いてえな」

「まっ、いいわよ、どうせあたしなんかには手の届かないことなんだから。でも旦那も妙なことに首を突っ込むのね」

「上から言われたんだから仕方あるめえ、とまあ、最初はそうだったが今は違うんだぜ」

「どう違うの」

「おのれでも不思議なくれえ真剣になっている。密書を奪った一味を見つけ出して、この手でふん縛ってやりてえ」

「嘘《うそ》ね、それは」

「はあ?」

「旦那は突き出さない。きっと闇討《やみうち》にしてしまうのよ」

お雀はかつて左内が悪党を暗殺するところを目撃していた。

左内は冷笑を浴びせ、

「そりゃおめえ、その場の成行でどうなるかわからねえじゃねえか。おれを人殺し呼ばわりするなやめてくんな」

「いいのよ、どうせよくない人たちなんだから。あたしは一向に構わない。まさか旦那の口から忠臣蔵の話が出るとは思わなかった。少しずつやる気が起こってきたわ。そんな由緒《ゆいしょ》ある密書を奪って、闇の市場でひと儲《もう》けなんて許せない」

「そこだよな、おめえの一本気でいいところはよ」

「おだてなくてもいいわよ」

「本当のことを言ってるんだ」

「で、あたしは何をすればいいの」

　お雀が真顔になって言った。

「小夜を探してくれねえか」

「どうやって」

「おめえの頭で考えろよ」

「無理よ、そんなこと。顔も何もわからない人をどうやって探せっていうの」

「放れ駒ってえ居酒屋が亀島町にある。おれがよく行く店だ。そこにお里とお君という娘っ子が二人いて、こいつらは小夜と一緒に機織屋を飛び出して捕まったが、おれの口利きで自由の身になれたんだ」

「わかった、その子たちに小夜のことを聞けばいいのね」

「詳しく教えてくれらあ」

「うん、やってみる」

「腹減ってねえか、晩飯は食ったのか」

「そうねえ、食べたような食べてないような変な感じ。蒸《ふ》かし芋《いも》を食べただけなの。どっかへ連れてってくれる」

「今日はそうはゆかねえんだ」

左内は財布から銭を取り出し、お雀の手に握らせて、

「これでなんぞ食ってけえんな」

「いつも有難う」

「それじゃ、頼むぜ」

お雀と別れ、今度は本当に家庭に帰って行った。

十

真っ暗な孟宗竹《もうそうちく》の藪《やぶ》を縫い、猿の市の先導で小夜と扇太郎は小走っていた。

三人は柳橋を後にして西へ向かい、柳原土手を目指している。人に行き合いたくないから、猿の市が「任せなさい」と言い、道案内を買って出たものだ。

猿の市の杖を持つ手も足取りもしっかりしていて迷うことなく、目明きと変わらないので、小夜は驚いてその背に話しかけた。

「猿の市さん、まるで目が見えている人みたいよ」

すると猿の市はひたっと立ち止まり、目をぱっちり開けて小夜に振り返ったのである。

「まあ、目明きだったの。すっかり騙《だま》されていたわ」

さらに小夜が驚く。

目が開くと、白目が多く、猿の市は少し怖いような人相になった。

「すまないね、小夜さん。誰にも内緒だよ。騙すつもりはなかったんだ。この方がいろいろと都合のいいことがあってさ、座頭として世を渡っている以上、仕方ないやね」

「扇太郎さんだって、何も教えてくれないんだもの」

「あはは、取るに足りないことじゃないか。この人が目明きであろうがなかろうが、おまえには痛くも痒《かゆ》くもないだろう」

「そりゃそうだけど……」

小夜は不服顔で口を尖《とが》らせる。

「さっ、行くよ。浪人どもに見つかったら只じゃ済まないだろうからさ、逃げるが勝ちさね」

猿の市が先を急ぎ、小夜と扇太郎は懸命に後につづいた。藪を抜け、やがて三人は暗い彼方《かなた》に見えなくなった。

彼らをつけて来た二人の老人が姿を現し、立ち止まってじっと見送った。いかついのが仙右衛門《せんえもん》、小柄な方は由兵衛《よしべえ》といい、二人は首尾の松で密談を交わしていた男たちなのである。どちらもぞろっとした粋《いき》な小袖を着た町人体《てい》で、得体が知れない。

「いいじゃねえか」

仙右衛門が低い声で言うと、由兵衛は相好を崩して、

「ふふふ、しめしめだな」

竹林が強い風にざわめき、二人はそれに怯《おび》えたようにして消え去った。

猿の市が連れて行った先は、新《あたら》シ橋《ばし》の袂にある目立たぬ小さな仕舞屋で、長屋と変わらない狭い造りだった。

所在なげにしている二人を座らせておき、猿の市は忙しく動き廻って行燈に火を灯《とも》し、火鉢《ひばち》の火を熾《おこ》して酒の支度をする。その間も言い訳めいた口調で語りつづけている。

「この家はね、借金のかたに取り上げたもんで、元は指物《さしもの》の一家が住んでいたのさ。それが借金が払えなくなってあたしに追い出された時、子供に泣かれて参ったのなん

の。ずっと寝覚めが悪かったなあ」

「猿ちゃんが悪いんじゃないよ、借金を払わない方がいけないんだ。そんなことで心を痛めていたら、札差なんて出来やしない」

「札差の取り立てはもっとひどいらしいね」

「あたしのお父《と》っつぁんなんて、旗本や御家人どもから鬼って呼ばれてるよ」

幕臣たちの扶持米を取り扱うのが札差の役目だから、米の現金化に際し、先払いをつづけていくうちに侍たちの方が首が廻らなくなってくる。その悪循環《あくじゅんかん》のなかで幕臣たちは生きていた。

「扇ちゃんも店を継いだら鬼になるのかえ」

「なるものか、わたしが情け深いのは猿ちゃんがよく知ってるだろ」

猿の市はうなずき、小夜に向かって、

「この人はね、鬼になれないお人好《ひとよ》しなんだよ。おまえさんがついていて、しっかり手綱《たづな》を握っていておくれ」

「え、いえ、あたしはそんな……」

否定はしても、小夜は内心で嬉《うれ》しい。

その時、外で何人かの人が走り廻る不穏な足音がした。

猿の市がはっとなって二人を制し、行燈の火を吹き消して、

「ちょっと様子を見てくるからね、息を殺してなくちゃいけないよ」

猿の市が立って勝手へ向かい、戸を開けてそっと出て行った。だがすぐに戻って来ず、二人は月明りの座敷で不安に怯える。

「扇太郎さん、浪人たちだったらどうする」

「しっ、話し声が聞こえたらまずいよ」

身も世もない風情の小夜を、扇太郎はひしと抱きしめ、押し殺した声で囁《ささや》く。

「小夜、何をするにも二人一緒だからね、決してわたしから離れちゃいけないよ」

「うん、うん、扇太郎さん、あたしを見捨てないでね」

「見捨てるものか」

やがて猿の市が音を立てずに戻って来て、二人の前にぺたんと座った。

「やっぱり取立ての浪人たちみたいだった。もうこの辺からは居なくなったけど、いつまた戻って来るか知れやしないよ」

「ここも危ないってことかい、猿ちゃん」

「扇ちゃん、こんなことつづけてるのはよくないから、いっそ金を返しちゃったらどうなんだい」

「そう言われたって、元金の十両が幾らになってるかわかりゃしないだろ。お父っつぁんは厳しい人だから、博奕の借金なんて出してくれないよ」

「うむ、困ったねえ……」

そうしている間にも夜は更《ふ》けて、やがて猿の市は汐時《しおどき》を見計らい、下平右衛門町の家へ帰って行った。

酒も飲まず、扇太郎は考え込んで、

「元はと言えばみんな自分が悪いんだけど、なんとか金の算段をつけないと……どこかに金の生《な》る木はないものかねえ」

答えようがなく、小夜は押し黙っている。

「おまえ、板橋宿の機織屋に居たと言っていたね」

不意に思いついたように扇太郎が言った。

「ええ、そうよ」

主殺しの件は口が裂けても言えない。

「おまえの在方は」

「うちは王子村の水呑みだから、とても扇太郎さんのお役には立てないわ。お金なんて逆立ちしたって無理よ」

「機織屋に金目のものはなかったかえ」

「なんですって」

小夜は扇太郎を睨むようにして、

「いったい何を言いだすの。たとえ金目のものがあったとしても、あたしが飛び出して来た所になんか戻れるわけないでしょ」

「戻ってくれと言ってるんじゃない、もし金目のものがあったら、二人して……」

顔を背けながら言う扇太郎を、小夜は強い目で覗き込み、

「二人してどうするの。あたしに盗っ人になれとでも言うの、扇太郎さん。それはとんだ了見《りようけん》違いだわ」

「それじゃどうしたらいいんだ。今のわたしに十両以上の金なんて作れないよ。このままむざむざ浪人どもに絞められるのかえ。おまえはそれで平気なのかえ」

小夜は再び黙り込んだ。なんとかこの扇太郎の窮状を救ってやりたい。彼を助けるにはどうしたらいいのか。だからといって雁治屋に戻ってものを盗むなど、考えたくもない。

（雁治屋……）

ある考えが閃いた。

蔵の穴から持ち出してきたぼろぼろの書状のことが甦《よみがえ》った。もしやあれが金を産むかも知れない。あれを手にした時、只の書状とは思えなかった。それでとっさにしまい込んだのだ。逃げる時は肌身離さず持っていたが、今は小夜にだけわかる場所に隠してあった。値打ちのあるものなら、なんとかなるかも知れない。そうなったら扇太郎を救える。

迷った末に、小夜が打ち明けた。

「扇太郎さん、聞いてくれる。あたし、人様のものだけど、お宝かも知れない品を持ってるの」

扇太郎がさり気なく、目の奥を光らせた。

「なんだい、品物は」

「わけは聞かないって約束してくれる」

「ああ、いいとも」

「随分昔の古いものなんだけど、もう紙がぼろぼろで読みづらかったわ。でもこう書いてあったの。お腹《はら》を召してくれないかと」

小夜にはわからないが、扇太郎の顔色が変わった。

「なんのことかわからなかった。それでも不思議なことに、書いた人の思いみたいなものが伝わってきた。だから捨てる気になれなかったわ。きっとあれは大変な中身なのよ。もし値打ちがあるんだったら、お金になるかも知れない」

「どこにあるんだい」

「それは……」

「わたしに見せてくれるかい」

小夜はうつむき、何も言わなくなった。書状を持ち出してくると、二人の間に怖ろしいことが起こるような気がしてきたのだ。

十一

翌日、左内は午前中は八丁堀界隈で表のお役の見廻りをしておき、一旦《いったん》組屋敷へ戻って来た。

このところ忙しかったから、たまには家族揃《そろ》って昼餉《ひるげ》を食べようと思ったのだ。田鶴も箏曲《そうきょく》の出稽古《でげいこ》はない日と聞いていた。

だが玄関に坊太郎の履物《はきもの》はなく、まだ寺子屋から戻っていないようだった。寺子屋で昼飯は出ず、子供たちは家に食べに戻り、それが済むとまた寺子屋で午後の学問をやることになっている。

構わず上がりかけると、庭の方から田鶴の話し声が聞こえてきた。

それに答える男の声に、左内はぎくっとなった。

「奥方様、植木ってな決して目を離しちゃいけねえんですぜ」

弥蔵の声ではないか。

（あの野郎、なんだっておれん家《ち》に）

左内がむかっとなって庭の方へ廻って行くと、植木職の半纏《はんてん》を着た弥蔵が縁側で田鶴と話し込んでいた。田鶴は茶菓子まで出している。

さり気なく左内を見る弥蔵の目を無視し、左内は田鶴に話しかける。

「見馴《みな》れぬ植木屋ですな」

「ええ、この者がここいらを歩いていて、当家の植木が不揃いになっているので、刈った方がよいと親切に言ってくれたのです」

「左様で」

そこで左内は初めて弥蔵に目をやると、

「その方はいずこの者だ」

「へえ、下谷の方からめえりやした。こっちに知り合いがいるもんですから、そこを訪ねてのけえりでやんす。そうしたらこちら様の植木が外から見えたんで」

「旦那様、きれいにして下さるそうですよ」

「お安くしときやすぜ」

「そ、そうか、では頼むとするか。すまんが田鶴、茶を淹れてくれぬか」

「はい、只今」

田鶴が席を立ち、茶を淹れに台所へ去る。

左内は怒りの目で弥蔵を睨み、

「てめえ、何しに来やがった。盗っ人の分際で、おれの家庭にへえって来るんじゃねえ」

「一度奥方とやらを見たかったんだよ。なかなかいい女房じゃねえか。旦那にゃ勿体《もったい》ねえぜ」

低く押し殺した声で二人は囁き合う。

「うるせえ、この大馬鹿野郎。とっとと消えろ」

「そうはゆかねえやな。密書を盗んだ下手人がわかったんだ。聞きたくねえのかよ」

「な、何……じゃ外で待ってろ」

「奥方と約束したからよ、植木を刈り込んだら出てかあ」

「てめえ、植木の仕事なんか出来るのか。怪しいもんだぜ。うちの植木をおかしなことにしやがったら只じゃ済まねえからな」

「こう見えてもなんでもやれるんだ、器用なんだよ、おれぁ」

「おめえの自慢を聞いてどうするんだ。ならさっさとやっちめえよ」

田鶴が茶を持って戻って来たので、左内はがらっと態度を一変させ、

「この時節は虫も多くて、刈り込むのは大変であろうな、植木屋」

「さいで。悪い虫は奥方にもつきやすすからねえ」

左内がきっと弥蔵を見て、

「なんと申した」

「あ、いいえ、ほんの戯《ざ》れ言《ごと》でござんすよ」

「戯れ言はよいから刈り込みの方を頼むぞ」

「任して下せえ」

玄関の方からばたばたと坊太郎の帰って来る足音が聞こえた。弾んだ声が聞こえる。

「母上、遅くなりました」

「坊太郎、すぐに昼餉の支度を」

田鶴が慌ただしく玄関の方へ去った。

「やい、おれの女房に悪い虫たぁどういう意味だ。てめえ、狙ってんのか。ふざけた

ことぬかしやがるとぶち殺すぞ」

「まあまあ、そうかりかりするなよ。旦那の女房寝取ったってしょうがねえじゃねえか」

「うるせえ。黙って植木の仕事をしやがれ、この盗っ人風情が」

坊太郎が廊下を来て、弥蔵に会釈し、

「新しい植木屋さんですか」

「へえ、お坊ちゃんでござんすか。こいつぁまた可愛いなあ。食っちまおうかなあ」

坊太郎はくすくす笑う。

「食われてたまるか」

左内が小声でどすを利かせる。

弥蔵は舌を出し、おどけてみせた。

第三章　火盗改《かとうあらた》め

一

火附盗賊改《ひつけとうぞくあらた》め方《かた》は盗賊、火附、博徒《ばくと》を取締るのが任である。

先手弓頭《さきてゆみがしら》、先手鉄砲頭《てっぽうがしら》のなかから選ばれた精鋭の旗本が出向してお役を務める。それを加役《かやく》、増役《ましやく》という。

先手組は戦時には将軍の先陣を務める猛者揃《もさぞろ》いで、千五百石高の大身《たいしん》だ。通常は江戸城五門の警衛、将軍が寛永寺《かんえいじ》や増上寺《ぞうじょうじ》に参詣《さんけい》の折には警備の先頭に立つ。

町奉行所は犯科人《はんかにん》を取締る一方で、公事訴訟《くじそしょう》も取り扱うから牧民官《ぼくみんかん》、すなわち地方長官の立場にある。

火盗改めは犯科の撲滅《ぼくめつ》に徹底し、罪を犯せば武家、町人の区別なく召捕る。武家なら所管の目付《めつけ》に引渡し、町人は役所内で罪状を糾明《きゅうめい》して処断する。押送先《おうそうさき》は小伝馬町《こでんまちょう》牢屋敷《ろうやしき》である。町奉行所のような定まった役所を持たず、当該旗本の役宅を使うのが慣例だ。

先手頭の配下は与力《よりき》五騎、同心三十人が通常だが、火盗改めを拝命したらそれだけでは手が足りず、先手組の他組から与力、同心を借りてくる。それで与力十騎、同心五十人が増員となり、大所帯となってようやく組織として機能する。

「いいか、旦那《だんな》、ざっとだがおれぁ百人近くを調べたんだぜ。それがどれだけてえへんだったかわかるかよ」

大鴉の弥蔵は恩着せがましく言い、ぐびりと酒を飲んで目の前の布引左内を見やった。

本八丁堀五丁目にある居酒屋『たぬき』の店内で、相変わらず客はなく、主《あるじ》の婆《ばあ》さんが料理場の腰掛けで居眠りしている。

左内の組屋敷を出て、二人は夜にここで落ち合ったのだ。すぐに帰るつもりだから、田鶴には急用が出来たとしか言っておらず、左内は着流しに大刀の一本差し、弥蔵は植木職の半纏《はんてん》を着た偽装の姿のままだ。

「信じられねえな」

疑念を呈《てい》して左内が言った。

「何がよ」

「おめえの向柳原の隠れ家に、このことを頼みに行ったなつい昨日だ。たった一日で百人もの役人の素行を調べられるってか」

弥蔵はすぐには答えず、うす笑いで飲みつづけている。

左内がまじまじと、改めて弥蔵を見て、

「おれの前に姿を見せるないつもおめえ一人だが、どれだけ手下を持ってるんだ。あ、いや、そんなはずはあるもんか。おめえの夜働きはいつも一人で、徒党を組んでいたとは聞いたことがねえ」

一匹狼《いっぴきおおかみ》がなぜ下部組織を持っているのか。

「そいつぁ聞かねえ方がいいんじゃねえのかなあ」

「なんだと」

「おたげえ、触れて貰《もら》いたくねえところってのがあるだろ」

「いいや、おれにゃねえぞ。少なくともおめえに相対する時、こっちに隠し事はねえ。だから今日ははっきりしろよ、おめえの正体が知りてえ」

「まっ、そう言われちまうと引っ込みがつかねえよな。おれもそれほど懸命に隠し通すつもりはねえのさ」

「じゃ、明かせよ」

「おれに手下はいねえ、本当だ。いや、前は十数人を引き連れてった時もあったが、今は誰とも組んでねえ。一人は一人よ」

左内は黙って酒を飲む。

弥蔵が話しつづける。

「けどこれまでの渡世《とせい》んなかでいろんな人間とひっかかりを持ってな、助けてやったり助けられたりして強い絆《きずな》で結ばれた。それがずっとつづいてるってことよ。元同業もいれば堅気もいる。そういった仲間をこの江戸中にごまんと抱えているのさ。だからおれがひと声掛けりゃ、すぐに集まって来て頼んだことをやってくれる。ましてや旦那のためと思やぁおれだって力がへえるわな」

左内が皮肉な笑みを浮かべる。

「そうかい、おれもいい人と知り合ったもんだな」

そう言っておき、弥蔵を正視して、

「で、怪しい奴《やつ》はつかめたかい」

「今の火盗改めにゃ相役はおらず、松下河内守《まつしたかわちのかみ》という先手鉄砲頭から来た人が頭《かしら》を務めている。家禄《かろく》千五百石にお役料がどっさりついて、押しも押されもしねえご大身だ。家柄も人柄も評判がよくって、まさかこの人が密書を盗んだ下手人とは思えねえ」

「なるほど」

「そうなるってえと、悪いな手下ってことになるよな」

「どいつが怪しい」

左内が身を乗り出した。

「今んところ臭《くせ》えのは十人だ」

弥蔵がふところから折り畳んだ紙片を取り出し、左内へ差しやった。十人の火盗改めの与力、同心の名が書き連ねてある。

「お役がお役だからよ、悪いことしようと思やなんだって出来る。目が離せねえのは奴らが使ってる差《さ》し口奉公人《ぐちほうこうにん》と呼ばれる連中よ。町方で言うところの岡《おか》っ引《ぴ》きだな。怪しいのを一人ずつ篩《ふるい》にかけりゃいい。そのなかにきっと下手人がいるはずだぜ」

「雁治屋喜和蔵は差し口奉公人だったみてえなんだ。奴を使っていたなこのなかにいるかい」

「さてもさても、そこまではわからねえな。まっ、しっかりやりねえ」

「ちょっと待て、もう少し手を貸して貰いてえ。篩にかけるのを手伝ってくれねえかな」

「まだおれに働けってか」

「一蓮托生《いちれんたくしょう》の仲じゃねえか」

弥蔵は肩を揺すってせせら笑う。

「そんな科白《せりふ》、どの面下げて言いやがる。さっきは一緒にしねえでくれって怒ったじゃねえか」

「鴉の親方とはこれからも仲良くつき合わなくちゃいけねえよな。よろしく頼みやすぜ」

「じゃかあしい、都合がよ過ぎやしねえか、おめえさん」

「それじゃおれぁ家庭にけえらあ」

左内が立って行きかけ、戸口で見返り、

「おい、弥蔵、くれぐれも言っとくがよ、二度とおれんちに面ぁ出すなよ、わかったな」

怖《こわ》い顔になって釘《くぎ》を刺すや、呆《あき》れ顔の弥蔵を尻目《しりめ》にふところ手になり、端唄《はうた》を口ずさみながら出て行った。

二

「ああっ、そんな……」

その光景を見るなり、小夜は愕然《がくぜん》となって道端にしゃがみ込んだ。

扇太郎も茫然《ぼうぜん》と立ち尽くしている。

二人の目の前では、請負師《うけおいし》の手によって古寺の取り壊しが行われていて、砂煙が濛々《もうもう》と舞い上がり、大勢の人足たちが山門を倒し、本堂の古瓦《ふるがわら》を剝《は》がしている。

一月前、主殺しを仕出かした小夜は、板橋宿から江戸を目指そうと考え、一目散に裏街道を逃げた。百姓家の納屋でひと晩明かし、翌日になってまた逃走を始め、途中の田端村《たばたむら》から新堀村《にっぽりむら》へ入ったところで歩を止めた。行き過ぎようとした先に十あまりの寺社がひしめいていて、そのなかにひと際みすぼらしい寺が目に入ったのだ。

かなりの古刹《こさつ》らしく、人の出入りも気配もないようで、無人寺と思えた。書状をあの寺に隠せないものか。書状を肌身離さず持っていて、もし役人の咎《とが》めを受け、身体《からだ》を改められた時に釈明のしようがない。書状はなぜかそのまま捨て去ることが出来ず、神秘の力にうながされるようにして所持してきた。そこであの寺に隠しておこう、と決断した。

寺へ入り込み、歩き廻《まわ》るとやはり寺の人間は誰《だれ》もおらず、空家同然であることがわかった。庫裡《くり》を幾つか見て歩くうち、仏間を見つけて入った。古びて立派な仏壇《ぶつだん》が備わっている。そこに隠そうと思い、観音扉《かんのんとびら》を開けてそのなかへ書状を忍び込ませた。

そうして仏壇に向かい、わが身の無事を願って拝んでおき、寺を出た。土地の百姓とすれ違って寺の名を聞くと、「本行寺《ほんぎょうじ》」と教えられた。

それが今、取り壊されている。そんな予定だったことは知る由《よし》もないから、もはや打つ手はない。無人だったのは、取り壊すために寺の住人たちはどこかに仮住まいしていたのに違いない。

「小夜、書付けはどこに隠した」

扇太郎が聞くから、「仏壇のなかよ」と小夜は空《うつ》ろな口調で答えた。扇太郎は何も言わずに寺のなかへ飛び込んで行き、駆けずり廻った末に仏間を見つけた。だが仏壇ごとなくなっているではないか。

人足の一人に詰問した。

「ここに仏壇があったろ」

「それなら親方が持ってったぜ。あんまり立派な仏壇なんで貰うことにしたそうだ。ここにあるものはみんな取り壊すってことになってっからな、更地《さらち》にして新しい寺を建てんのよ」

「親方はどっちの道を行った」

「下駒込村《しもこまごめむら》だよ。あっ、待てよ、兄さん」

人足が呼んだ時には、扇太郎はもう身をひるがえしていた。

扇太郎は田圃《たんぼ》の道を突っ走る。その形相《ぎょうそう》は尋常ではなく、真っ青で目が血走っている。

やがて一本道のその先に、大八車に仏壇を荒縄で括《くく》りつけた親方らしき男が行くのが目に入った。

「待ってくれ」

叫んで扇太郎が追い縋《すが》った。

驚いてふり返る親方を突きのけ、扇太郎は仏壇に飛びつき、観音扉に手を突っ込んだ。

だがなかは空洞で何もない。

「ここに書付けが入ってなかったか」

「ああ、それなら捨てたよ」

「どこに」

「寺を出てすぐの畦道《あぜみち》だ。いらねえからな、あんな紙屑《かみくず》は。何が書いてあるのかさっぱりわからねえ」

「くそっ」

言われた場所へ駆け戻ると、畦道の脇《わき》に小さな疎水《そすい》が流れていて、書状は見当たらず、扇太郎は必死の思いで身を屈《かが》め、探しまくった。

さらに流れの先を辿《たど》り、着物の汚れなど気にせずに地を這《は》っていると、そこに女の履物《はきもの》が目に入り、扇太郎はぎくっとして顔を上げた。

濡《ぬ》れた書状を手にした小夜が立っていた。

「小夜……」

「立って」

扇太郎が立ち上がり、小夜に見入った。書状に手を伸ばそうとすると、小夜がそれを逃がす。

「あ、あってよかったな」

「今の様子、ずっと見ていた。これまであたしの知ってる扇太郎さんじゃなかった。変だった。怖い人に思えたわ」

「そりゃおまえ、金目になるものだと思うからこっちも血道を上げるさ。それのどこが変なんだい」

小夜は書状を開いて日に翳《かざ》し、ひらひらと乾かしながら歩きだす。扇太郎はなんとか書状を読もうと身を屈め、覗《のぞ》き込んでいる。

「いくら見てもわからないわよ、あたしたちには。お腹《はら》を召してくれというところはなんとか読めるけど、ほかが達筆過ぎて」

「それをわたしに預けてくれないか」

扇太郎は恐る恐る手を差し出し、

「心当たりがあるんで、そいつを持ち込んで見て貰うよ。十両以上にさえなれば万々《ばんばん》歳《ざい》だからね」

「今、迷ってるの」

「小夜、わたしの身を案じてくれてるんじゃないのか」

「疑いを持ったのね、扇太郎さんに」

「どういうことさ」

「さっきの姿、札差《ふださし》の伜《せがれ》さんのものなんかじゃなかった。なりふり構わない時って、人の本当の姿が出るのよ」

「何を言ってるんだ、さあ、早くそれを」

扇太郎が書状に手を掛け、小夜が渡すものかと抗《あらが》い、二人は暫《しば》し揉《も》み合った。

「よして、自分の姿がわかってるの、扇太郎さん、人が変わったようよ」

「黙ってそれを寄こせ」

「嫌、絶対に嫌っ」

騒然とした足音が聞こえてきた。

二人がはっとなって見ると、屈強な浪人者が三人、こっちへ向かって走って来た。

小夜は扇太郎を突きのけ、突っ走った。

「小夜、待てよ」

扇太郎と浪人たちがしゃかりきで追う。

小夜がちらっとふり返ると、扇太郎と浪人たちは争うことなく、まるで仲間のようにして轡《くつわ》を並べて追っている。

(嘘《うそ》だったのね、札差の伜は)

小夜は怒りの目になり、濡れた書状をふところにねじ込み、着物の裾《すそ》をからげて猛然と走りだした。

駆けっこなら村一番だった。

三

初めて会うお勝は思いの外いい人だった。

左内が根廻《ねまわ》ししてくれていて、手先のお雀が雁治屋にいたお里とお君に話を聞くべく行くと、お勝は二人の住む長屋まで案内してくれた。

長屋は放れ駒の近くで、娘たちのお蔭《かげ》で売上げがよくなったから、お勝が気をよくして借受けたものだ。

「布引の旦那とお勝さんとは、どんな間柄なんですか」

歩きながらお雀が問うと、お勝は答える。

「あの人とは幼馴染《おさななじ》みなんだよ」

「そうだったんですか」

「と言っても向こうはお武家で、あたしん所は青物屋だったから、身分違いってことになるんだけど、あの人の家はふた親とも気さくな人たちで、お武家であることを鼻にかけるようなことはなかった。もっとも町場に根ざした八丁堀同心なんだから、お高く止まってたってしょうがないよねえ」

そう言った後、杖《つえ》を突くお雀を見やって、

「あんた、さっきから気になっていたんだけど、足が悪いのかえ」

「無法者に二階から投げ落とされて足を悪くしちまったんです。お父《と》っつぁんも旦那の手先をやってましたんで、そういった事件絡みであたしに火の粉が」

父親が死亡したことも伝える。

「んまあ、なんてこったい」

お勝が慨嘆《がいたん》する。

お雀はつづける。

「こうなったのもきっとあたしの運命だと、今では諦《あきら》めています。その後、旦那がとてもよくしてくれて、まるで上《あ》げ膳据《ぜんす》え膳《ぜん》みたいな暮らしをさせて貰ってるんです。だからとても感謝していて、足を向けて寝たことはありません」

「そうだろうね、そういう義理堅い人なんだよ、あの人ってな」

少し迷うようにしていたが、

「でもあんた、嫁入り前なんだろ」

「ええ、そうですけど」

「気をつけるんだよ」

「はっ？」

「その昔にね、左内ちゃんは若い娘にちょっかいを出したことがあるんだ」

「えっ、旦那はそんな人じゃありませんよ」

「父親が島流しになって食うに困った娘がいてさ、親切をかけてやってるうちに……あ、いえ、やめとこう」

「どうなったんですか、教えて下さい」

お雀にせっつかれ、お勝が答える。

「出来ちゃったんだよ」

「そんなあ……信じられないです」

「本当のことさ」

「噂《うわさ》になったんですか」

「奥方の耳にまで入っちまって、ひと悶着《もんちゃく》あったみたいだね。奥方のことはあんた知らないだろうけど、これが同心より身分が上の与力のお嬢さんだから、そりゃもう気位が高くって大変なものよ。左内ちゃん、奥方には敬語を使ってるんだって。そういう家庭なんだよ、布引家ってな」

「そうですか」

「死んだ娘ってな丁度今のあんたとおなじくらいの年だから、老婆心《ろうばしん》で気をつけなって言ったのさ」

お雀は少なからず衝撃を受け、暫し考え込んでいたが、

「その娘さん、今はどうしてるんですか。旦那とまだつづいてるんですか」

「死んだよ、病気で」

「……」

「何年も経《た》つけど、左内ちゃん墓参りは欠かさないらしいね。かみさんの目を盗んでさ」

長屋の路地でお里とお君が晩飯の支度をしていた。まだ明るいが、早めに食べて店へ出なければならないのだ。

お勝が寄って行って、二人にお雀を引き合わせた。そうしておいてお勝は店へ戻って行った。

お雀は家に上げて貰い、お里とお君を前に小夜のことをいろいろと尋ねた。しかしこれまで左内から聞いた以上のことはなく、さして実りはなかった。

悪いのは喜和蔵の方で、絶対に小夜ではないと二人は口を揃えて訴え、彼女の身の不運を嘆いた。

帰る道すがら、お雀は越前堀《えちぜんぼり》を前にした河岸《かし》に佇《たたず》み、考えに耽《ふけ》った。

左内が若い娘に手をつけたということを、どう捉《とら》えればいいのか、思案に暮れていた。

それはやむにやまれず、成行でそうなってしまったような気がする。左内の釈明を待たねばならないが、お雀に彼を非難する気持ちは湧《わ》き上がらない。その娘と自分が重なって思えた。いずれお雀と左内もそういう関係になるのだろうか。その時はその時だが、受け入れるか拒むかはお雀次第だ。くよくよするような話ではないと断じた。

なぜなら、お雀は左内に感謝以上の熱い気持ちを抱いているのだから。

四

夜の両国橋の下は墨を流したように真っ暗で、河原には背の高い雑草が生い茂り、まず近づく人はいない。

そこで扇太郎が目明きの猿の市に胸ぐらを取られ、鉄拳《てっけん》で殴打《おうだ》されていた。

仙右衛門と由兵衛が無言のまま、共に腕組みをして見守っている。少し離れた所で浪人三人も屯《たむろ》していた。彼らは新堀村の本行寺で扇太郎と共に小夜を追いかけた連中だ。

猿の市が牙《きば》を剝《む》いて吼《ほ》え立てる。

「この野郎、しょんべん臭え小娘にうつつをぬかしやがって。てめえが小夜をどう思おうが勝手だが、肝心の書付けを手に入れねえでどうするんだ」

「そ、それは思いの外で、あんなすばしっこい娘だとは思わなかったんだよ」

目や鼻が切れて血を流し、扇太郎は情けない姿で抗弁する。

「小夜はどこに逃げた、見当はつかねえのかよ」

「明日から血眼《ちまなこ》で探すよ、少しだけ待ってくれないか」

「ふざけるな」

また鉄拳が唸《うな》って、扇太郎は目から火が出てふらつき、後ろ向きにぶっ倒れた。起き上がらず、肩で喘《あえ》いでいる。

「やい、この色男、てめえの役割がわかってねえのか」

猿の市は居丈高《いたけだか》になって言う。

「わかってるよ、密書さえ取り戻しゃいいんだろ」

仙右衛門が寄って来て、扇太郎にぐいっと身を屈めて、

「本当にわかってるのか、おめえ」

扇太郎は何度もうなずき、

「きっと取り戻しますから、勘弁して下せえやし」

由兵衛も近寄って、柔和な笑みを浮かべ、

「おい、このおれに助けられたことをよもや忘れちゃいめえな。本当だったらおめえは島送りだった。それをおれが火盗の旦那に口を利いてやって、自由の身になれたんじゃねえか」

「ご恩は一生忘れませんよ、由兵衛さん。だからこの通り言いつけを守って」

「小娘と仲良くしているうちに情が移ったかい」

由兵衛がつづける。

「いえ、そんなことは」

「罠《わな》を仕掛けた相手に惚《ほ》れちゃならねえぞ」

「へえ、百も承知でさ」

「じゃ、しっかりやるんだな」

仙右衛門が言ってうながし、由兵衛、猿の市、浪人三人は引き上げて行った。

うちひしがれた扇太郎が座り込んだままでいると、背後の雑草からがさっと音がした。

きっとなって扇太郎がふり返り、目を見開いた。

雑草を掻《か》き分け、小夜が現れたのだ。

「小夜、ずっとそこにいたのか」

「そうよ、逃げたと見せかけてあんたの後をつけたのよ。札差の倅だなんて嘘なんじゃない。よくもあたしを騙《だま》したわね」

「書付けを寄こせ、こっちに渡せ」

扇太郎が小夜に飛びかかり、そのふところに手を突っ込んでまさぐった。だが書状はない。

「どこへやったんだ」

小夜は胸許《むなもと》を掻き合わせ、

「持ってるわけないわ、会えば取られることがわかってるんだから。またある所に隠したのよ」

「どこに隠した、あれがないとおれは命取りなんだよ」

「知ったこっちゃないわ、悪党のくせに往生際《おうじょうぎわ》が悪いのね。もう観念したら」

扇太郎はがくっと河原に両手を突き、

「だったらどうしてここへ来たんだ。捕まった時のことを考えなかったのか」

「あんたの正体を突きとめたかったのよ。これでよくわかったわ。騙されたあたしが馬鹿だった。さよなら」

小夜が背を向けて歩きだした。少し行ってふり返ると、扇太郎はまだうなだれていた。

「あんた、本当の名前はなんというの」

扇太郎が顔を上げ、小夜を見た。

「蔵前の札差千成屋へ行って、伜の扇太郎のことを聞いたわ。そうしたら出て来た人はあんたとは似ても似つかない人だった。すっかりなりすましていたのね」

小夜は扇太郎に向き直り、正視して、

「何者なの、あんたって人は」

この時小夜は思い出していた。

扇太郎に連れられて初めて猿の市の家に泊まった晩、小夜の小袖《こそで》が扇太郎によってきちんと畳まれていた。あれは書付けの有無を扇太郎が調べたのだ。油断も隙《すき》もないと思った。

五

両国広小路の裏に紅燈《こうとう》を灯《とも》した居酒屋があり、職人の客で賑《にぎ》わった奥の小上がりで、小夜と扇太郎は向き合っていた。

「おれの本当の名めえは千吉《せんきち》ってんだ。生まれ在所は甲州勝沼《こうしゅうかつぬま》で、国で名主の倅と諍《いさか》いを起こして飛び出して来た。江戸に辿り着いたけど、無宿人《むしゅくにん》てことになるからまともな稼業にゃ就《つ》けねえ。仕方なく裏渡世の道にへえって、やくざもんの使いっ走りをやったり、賭場《とば》の見張り役なんぞをやって凌《しの》いでいた」

「堅気じゃないのね」

「元は百姓の家だった。けど兄弟姉妹が多くって、おれぁ余りもので弾《はじ》かれていたんだ」

「おんなじね、あたしと」

小夜がしんみりした口調で言う。

「おめえもそうなのか」

「あんたとよく似てるわ。在所は王子村で、子沢山《こだくさん》の家にいられなくなって、板橋宿の機織屋《はたおりや》に奉公に出たのよ」

「そこで何があった」

「えっ、何がって……」

「あの書付けを盗み出しておめえは逃げたんだろ、そう聞いてるよ」

「……」

「おい、本当のことを言えよ。おれとおめえの仲じゃねえか」

「それを言うのね」

「他人だと思ってねえぜ」

「他人よ、他人だわ。あたしを少しでも可愛《かわい》いと思ってるんなら騙したりしないでしょ。よく平気で手玉に取ったものね」

「すまねえ、心んなかじゃ詫《わ》びてたんだ」

小夜の心にさざ波が立った。

「本心で言ってるの」

千吉が真摯《しんし》な目を上げ、小夜を見てうなずいた。

「すぐには信じられないわ」

「おめえのことが好きでたまらねえ」

うつむいて言った。

小夜の顔が赤く染まる。

「さっきの人たちはなんなの？　猿の市さんも年寄の二人も、堅気じゃないんでしょ」

「ああ、そうだ。けどあの人たちのことは言いたくねえ。世話になってるんだ」

「どんな」

千吉は押し黙る。

「それを言ってくれなくちゃあたしも心が開けないわ」

千吉は黙って酒を飲みつづける。

「千吉さん、どっちが大事なの」

「えっ」

「あたしとあの人たちよ」

「そいつぁ……」

千吉は言い淀《よど》む。

「じゃあたしの方から秘密を打ち明ける」

「えっ」

「機織屋の仕事があんまりきついんで逃げようとしたの。見つかって連れ戻されて、親方に手込めにされそうになった。懸命に抗ううちに親方を刺してしまったの。すぐに逃げようとしたらあの書付けが目についた。何が書いてあるのかわからなかったけど、とっさに大事なものだと思って持ち逃げしたのよ」

「お、おめえ、親方を手に掛けたってのか」

千吉は青褪《あおざ》める。

「そうよ、あたしの見ている前で息を引き取ったわ。だから人でなしなのよ、あたしは」

千吉は言葉を失い、混乱の目をさまよわせている。

「ひとつおめえに聞きてえ」

「なあに」

「どうするつもりだ、あの書付け」

「あれがどれほどのものかわからないからなんとも言えないけど、きっと凄《すご》い値打ちものなのね。でなきゃこれだけ大勢の人たちが目の色変えてあたしを追いかけたりしないでしょ。あんたはどう聞いてるの、書付けのこと」

「詳しいことは教えられてねえ。おめえを騙してあれをぶん取れば三両貰えることになっている」

「最初に持っていた十両のお金は何？」

「あれはおめえを騙すための見せ金だ。もうおれの手許《てもと》にゃねえよ」

小夜は考え込んでいたが、

「そもそもあの書付けをなんで雁治屋の親方が持っていたの。親方は只《ただ》の機織屋じゃないの？」

「そ、そいつぁ……」

「知ってるのね」

「おれぁ顔は知らねえが、喜和蔵ってなさる筋の手先だったんだ」

「さる筋って？」

千吉は苦しい顔になって口を噤《つぐ》む。

「どうして言えないの」

「勘弁してくれねえか、小夜」

「駄目よ、言ってくれないんなら縁を切るわよ」

「……」

「それじゃこれでおしまいね」

立ちかける小夜の袂《たもと》を、千吉がつかんだ。

「わかった、わかったから座ってくれ」

小夜が再び座って千吉を見た。

「火盗改めだ」

「ええっ、なんだって火盗改めが」

「みんなぐるなんだよ。さっきの年寄二人、仙右衛門と由兵衛、猿の市とおれぁ火盗改めの息がかかってるんだ。つまり手先なのさ」

「あんた、火盗改めで働いてたの」

「罪を犯して火盗改めに捕まった。島送りんなるところを由兵衛さんの口利きで救われたんだよ」

「どんな罪を犯したの」

「やくざ者を半殺しにした。賭場のいざこざで揉めて、そういうことになっちまった。逃げたけど、そこを火盗改めに捕まっちまったのさ」

「罪を背負ってるのはあたしとおんなじなのね」

小夜は溜息《ためいき》をつき、

「よくも似た者同士が寄り合ったものだわ。これは天の配剤なのかも知れない」

「難しいこと言うなよ」

「あたしとあんたは逢《あ》うべくして逢ったの。きっとそうだわ。初めから縁があったのよ」

「おめえの口からそう言ってくれると嬉《うれ》しいぜ。それで、これからどうする」

「火盗改めに戻るの？　あんた」

「……」

「どうなの」

「いいや、戻らねえ。あの人たちとは縁を切ることにするよ。おめえと手を組みてえ」

「裏切ることになるのよ」

「構わねえ」

吉松は深くうなずくと、

「もう金輪際嘘《こんりんざい》はつかねえ」

直情径行《ちょくじょうけいこう》の顔で言った。

「それならあたしも心を決めるわ。あんたを信じて生きて行くことにする。いいわね」

「ああ」

二人が同時に手と手を握り合った。

六

下谷広小路の盛り場の雑踏を、黒い着流しに深編笠《ふかあみがさ》の侍がゆったりとした足取りで歩いていた。供もなく一人なのだが、威風を払ったその風情《ふぜい》は只者ではなく、一分の隙《すき》もないように見える。

離れた場所から、左内と弥蔵が侍を見ていた。

弥蔵は一文字笠《いちもんじがさ》をつっと上げ、左内に押し殺した声で囁《ささや》く。

「あいつだよ、火盗改めの与力上月景虎《こうづきかげとら》だ」

「長十手は持ってねえようだが」

　上月景虎は両刀だけを差している。

「今日はおしのびなんだろうな、いや、獲物《えもの》を探してんのかも知れねえ。猟犬《りょうけん》なんだよ、奴は」

「おっかねえ男だな」

「奴はああしていつも一人で動いている。そいでもって、一年の間に何十人もの科人《とがにん》をしょっ引くんだ」

「腕っこきなのか」

「奴に睨《にら》まれたらもうおしめえよ」

「でえ丈夫か、おめえ」

「笑わせちゃいけねえ、あんな奴に捕まってたまるかってんだ」

「あの男が一番臭えと、おめえは目星をつけたんだな」

　弥蔵が確信の目でうなずき、

「与力連中のなかにゃほかにもうさん臭え奴はいるけど、あいつほどじゃねえ」

「奴のどこがおめえの目に止まったんだ」

「奴は三十出たとこの男盛りよ。無類の女好きでな、あっちこっちに妾《めかけ》を囲っていやがるのさ。それもみんな家を一軒持たせてるんだぜ」

「裏口の実入りがあるんだな」

「旦那とおんなじよ」

「おい、言葉に気をつけろ。おれと一緒にするな」

「頼まれたことはやったぜ。後はそっちに任せらあ」

左内の肩を気安い仕草で叩《たた》き、弥蔵は人混みに消えた。

左内が四方を見廻すと、後方から人を掻き分けて音松が駆け寄って来た。

「いってえ誰なんです、今つるんで歩いてたな」

「おめえは知らなくていい」

音松に弥蔵を引き合わせるつもりはなく、上月の後をつけてくれと頼み、左内は雑踏に消えた。

得心のゆかぬまま、音松は上月の尾行を始めた。

左内は広小路を抜け、上野《うえの》町《まち》二丁目へ向かう。

寺が三つ並んでいて、そのうちの常在寺《じょうざいじ》の境内《けいだい》へ入って行く。門前で墓前にたむける花を買い求め、墓地を突き進む。

ある墓の前へ来て、左内がはっとなって立ち尽くした。

田鶴が柄杓《ひしゃく》の水で墓を洗い清め、ねんごろに花をたむけて墓参をしているのだ。

気配に気づき、田鶴が左内へふり向いた。

左内は悪事でも見つかったような表情になり、ぎこちなく会釈する。それを見た田鶴が「まっ」と言って、屈託のない様子でころころと笑った。

「いや、どうも。おかしいですかな」

「なぜそのようによそよそしいのですか。おなじ屋根の下で暮らしている夫婦ではありませぬか」

「はあ、まあ、その……辛《つら》いのですよ、脛《すね》に疵《きず》持つ身は」

左内は手拭《てぬぐ》いで冷や汗を拭う。

「今日は幸《さち》の月命日《つきめいにち》ですからね、旦那様がかならずお見えになるものと思い、初めてでございますけど、夫婦で拝んでみようかと」

「わたしが幸の墓参りを欠かさないことを知っていたのですか」

「はい、存じておりました」

「いつからですか」

「このお寺の近くにわたくしの出稽古《でげいこ》先の旗本家がございまして、半年前にたまたま旦那様をお見かけしたのでござます。その時旦那様が手桶《ておけ》を提げて歩いておられましたので、すぐにぴんときました。ああ、幸の墓参りだなと。翌月もまたその翌月もつづけておられたので、月命日の墓参を欠かさないことがわかりました。それから半年悩みまして、今日ようやく決断を致したのです」

「幸の墓参りをするのに半年も悩んだと申すのですか」

「それは当然でございましょう。主が不義を働いた相手なのに、なぜわたくしが墓参りをせねばならぬのかと」

「わたしもそう思いますよ。あなたは墓参りなどすることはないのです、本妻なのですからな。また悩む必要もない」

「されどもわたくしの気が許しませんの」

「よくわかりませんな、どうしてですか」

「あなた様の妻として、万端遺漏《ばんたんいろう》なく生きて参りたいのです」

「はあ、左様で」

左内が墓前に花を供えて拝み、田鶴もその後ろで神妙に合掌《がっしょう》した。

境内の茶店の床几《しょうぎ》に掛け、夫婦は甘酒を飲む。

「三年でございますわね、幸が亡くなって」

「父親はまだ三宅島《みやけじま》です。娘の死を知らんと思いますよ、教える者もおりませんからな」

「帰って来られるのですか」

「さあて、わかりませんな。遠島刑に関しましては定町廻《じょうまちまわ》りは埒外《らちがい》ですので。御赦免《ごしゃめん》が出なければ島で一生を終えることになります。よしんば帰れても江戸で元の暮らしを取り戻すことが難しく、島に居た方がよかったと思う者も。結句《けっく》はおのれの犯した罪が大元なのですから、人を恨むわけにもゆきません」

「犯した罪に致しましても、よんどころのない事情や、やむにやまれずということもございましょうな」

左内が瞠若《どうじゃく》して田鶴を見た。

「よくそこまでおわかりに」

「八丁堀同心の妻でございますれば」

「ああっ、やはり……」

左内が感嘆に耐えぬ声を漏らす。

「やはり、なんですの」

「わたしの見込んだだけのことはあるのですな。あなたは聡明《そうめい》で目から鼻に抜ける御《お》方《かた》なのですよ。こりゃ参ったな、わたしは一生頭が上がりません」

「旦那様」

「はい」

「もうよそのおなごに手を出さぬように願います」

「魔が差したのですよ、あれは。あ、いや、そうではないな」

「違うのですか」

「幸には憐《あわ》れを催したのです」

「同情だと？」

「はあ、まあ……しかしわけありの娘にいちいち同情していたのでは身が持ちません。今後は戒《いまし》めます」

「旦那様」

「今度はなんですか」

「これからも仲良くやって参りましょうね」

田鶴に改まって言われ、左内は慌てる。

「な、何を今さら……面食らってしまうではありませんか」

「あなた様が外でなされていることをすべて承知しているわけではございませぬが、折々に旦那様のことは耳に入ります」

「ええっ、どんなことを」

「世評とやら申すものでございますよ」

「なんと言われているのですか、わたしは」

「人気がおありなのですね」

「たとえば誰がわたしのことを」

「おほほ、お気になられまするか」

田鶴は謎《なぞ》めいた笑みになる。

「もちろんですよ、教えて下さい」

「それは夜のお楽しみに」

「夜の？……」

左内の下半身が疼《うず》く。

「わたくしはこのまま帰りまするが、旦那様はどうなされますか」

「日が高いので、まだ帰るわけにはゆきません。市中を見廻らねばならんのです」

「わかりました。このところ坊太郎と一緒の時がございませんわね。寂しがっておりますのよ。その辺、お汲《く》み取り下さいませ」

「わかっております」

田鶴と別れて寺の裏手へ行き、顔見知りの寺男に二人分の手桶を返却した。ついでに心付けを渡すと、寺男がにやにやして、

「お珍しいですね、旦那。奥方様とご一緒とは」

「どうして家内とわかる」

「お見かけするのは初めてでござんすが、そりゃもう、どっからどう見たってご夫婦じゃありませんか」

「そうか、やはりそう見えるか」

「お似合いでござんすよ」

するとと寺男は妙なことを言った。

「あの人も知り合いなのかなあ」

「なんの話だ」

「いえね、旦那方がお見えんなるめえに、おんなじ墓にお参りに来た人がいるんですよ」

左内がぴくりと眉《まゆ》を吊《つ》り上げ、

「聞き捨てならねえじゃねえか、そいつぁどこの誰でえ」

「名めえなんぞ知るわけねえですよ。まだ若え娘っ子で、足が悪いらしく、杖を突い

ておりやした」

七

がらっと油障子《あぶらしょうじ》を開けるなり、左内は驚きの顔になった。

真っ昼間なのに、お雀が頭から夜具をひっ被《かぶ》って寝ているのだ。

本所一つ目の文六長屋だ。

「どうした、お雀、具合でも悪いのか」

お雀は夜具から少しだけ顔を覗かせ、

「そんなことないわよ、とても元気だわ」

「嘘つけ、そうは見えねえぞ」

上がり込んでお雀を心配する。

お雀は目だけ出して喋《しゃべ》る。

「どうして寝てちゃいけないの、旦那が来たら嬉しくってぴょんぴょん飛び跳ねろとでも言うの」

「わからねえなあ、おめえって娘は」

「なんでよ」

「明るい時もありゃやけに暗い時もあって、そりゃ娘心だから仕方ねえとしても、今日はなんだって墓参りに来たんだ。それで疲れて寝てんのか」

「嫌だ、ばれてる」

「常在寺の寺男から聞いたんだ。おめえ、どうして幸のことを知りやがった」

「お勝さんが教えてくれたのね」

「あのくそ婆《ばば》ぁめ。けどお勝は墓までは知らねえはずだぞ」

「調べたのよ、いろいろ」

「どうやって調べた」

「自身番《じしんばん》に決まってるじゃない。そうしたら幸さんのことがわかったの。犯科録によると幸さんのお父っつぁんは、弱い人を泣かせているやくざ者を手ひどく殴って島送りにされたのね。お上もひどいわよ。いいことをしたのに島送りはないでしょ」

「やくざもんは怪我《けが》が元で寝たきりんなったのさ。それからおっ死《ち》んじまった。運が悪かったとしか言いようがあるめえ」

「どっちが」

「どっちもだ」

「それで残された幸さんに同情して上げたわけ」

探る様子のお雀から、左内は目を逸《そ》らし、

「もういい、そこいらを突っつかねえでくれねえか。過ぎたことなんだからよ、言い訳したって始まらねえだろ」

「あたしのことも同情してくれてるの」

「ああ、してるからこうやって面倒見てるんじゃねえか。何を言いてえ。不服でもあるってか」

「ないわ、不服なんて。それどころか感謝ばかりの毎日よ。わかってるでしょ、そんなことは」

　そこでお雀はさらに詮索《せんさく》の目になり、

「ねっ、旦那、幸さんとはどうしてそんな関係になったの」

「ど、どうしてって言われてもよ……幸は泣き虫で、お父っつぁんがいなくなったことを嘆いてばかりいやがる。それでおれがいい加減にしろって叱《しか》って、ちょっとした言い争いになってよ、その後になんとなくそのう、そうなっちまったんだ」

「ふうん、幸さんも旦那のことが好きだったのね」

「そりゃどうか知らねえ。なあ、お雀、幸のことはなかったことにしてくれねえか。おめえと幸は別もんだろ」

「似てるわよ、とっても。だからあたしもいつ旦那に手を引っ張られるかって、はらはらしているわ」

「おめえな、悪い冗談はよしてくれねえか。はったあしたくなってくるぜ」

「はったあしてよ、悪い子なんだから」

お雀が夜具をはねのけて半身を起こし、間近で左内と向き合った。冗談めかしているものの、目は笑っていない。

お雀の躰《からだ》から若い娘の匂《にお》いがむんむんしてきて、左内は烈《はげ》しく困惑する。挑発されているような気分になり、お雀の胸の谷間が見えて目のやり場に困る。

「それに、旦那」

「なんだ」

「今日初めて奥方様を見たわ」

「最悪の日だな」

「とってもきれいな人だった」

「陰でおれぁ雪女って呼んでるんだ」

「ぴったりね。坊《ぼ》っちゃまにはこの前会ったから、これで旦那の家族はみんな見知り置きってことに」

「だから、なんだよ」

「あんなきれいな奥さんがいるんだから、あたしや幸さんみたいなのに手を出しちゃ駄目よ」

「おれの勝手だろ」

「じゃ出すつもりなの」

「出して欲しいのか」

「嫌だ、あの奥方様に斬《き》り殺されちまう」

左内が急に話題を変えて、

「小夜はどうだ、その後何かわかったか」

「聞込みをつづけたのね、この不自由な躰に鞭打《むちう》って」

「すまねえ」

「でもどこにも居ない」

「まっ、土台無理な話だからな」

「あっ、いけない」

お雀は夜具から抜け出し、二人分の茶を淹《い》れる。

「よくよく考えて、ひとつ見当をつけたの」

「どんな」

左内は茶を啜《すす》りながら問う。

「大石内蔵助様の書状よ。小夜って子、それをどっかに持ち込んで鑑定して貰うんじゃないかと思ったの」

左内が身を乗り出し、

「さすがおれの知恵袋だな、で、どうした」

「古道具屋なんぞをしらみ潰《つぶ》しにしてやろうと思ってね、浅草から本所界隈《かいわい》を歩き廻ってみたの。今日は駄目だったけど、明日また行ってみようかと」

左内が満面の笑みで、

「おめえを神輿《みこし》に乗せて担ぎたくなってきたぜ」

「うふっ、もし当たりを取ったらそうして」

「腹減ってねえか」

「昼抜きだったからもうぺっこぺこ」

「よし、なんか食わしてやろう。何が食いてえ」

「鰻《うなぎ》」

「わかった」

「嬉しい」

お雀は子供のようにはしゃぐ。

左内が家を出て表で待っていると、小ぎれいな小袖《こそで》に着替えたお雀が出て来て、恥ずかしげににっこり笑った。新しい着物を見せたかったのだ。その娘心に左内の気持ちはほっと和《なご》む。

「買ったのか、新しいの。似合ってるぞ」

「近くの古着屋でね、ひと目見て気に入ったのよ。さっ、二人でお出掛けしましょうか」

「ほいきた」

お雀をしたがえて歩きだし、左内まで気持ちが浮き立ってきた。

（いいもんだなあ、若い娘ってな。これがあるからおれぁ生きてられんだぜ）

胸のなかで独りごちた。

八

本所三つ目の裏通りに煮豆屋があり、その奥に広い中庭があって、酒亭になっている。

日除《ひよ》けのための大きな朱塗りの傘《かさ》が開いて差してあり、その下に初老の文人《ぶんじん》と墨客《ぼっかく》が床几に並んで掛け、昼間から酒を飲んでいた。

文人は茶筅髷《ちゃせんまげ》に十徳《じっとく》を着て、墨客の方は禿頭《とくとう》に渋い小袖姿だ。肴《さかな》は煮豆と味噌《みそ》田楽《でんがく》を並べ、空には雲雀《ひばり》が鳴いてのどかである。

文人がうまそうに剣菱《けんびし》を飲みながら語る。

「囲碁《いご》というものは、最初から勝とうと思ってはいけないらしいね。負けまいとして打つべきだと、碁の先生から教えられたよ」

墨客がうなずき、

「確かにそうかも知れない。兵書にも闘いは勝つことばかりでなく、まず兵士を損なわないことを第一に考えよとある。大体世間の者たちは利益を先にして、損を後廻しにするものだ。それはいかんのだよ」

「左様、左様」

文人と墨客は仲良く酒を酌《く》み交《か》わす。

そこへ隣家の古道具屋白雲堂《はくうんどう》の亭主伊兵衛《いへえ》が、助けを求めるような顔で中庭へ入って来た。手に書状を持っている。

「先生方、これを見て貰えんかね」

伊兵衛が書状を差し出し、二人に見せた。どうやら三人は親しい仲らしい。

判読の難しい書面を文人と墨客は交互に見て、二人は首を傾《かし》げ、

「なんだね、これは」

と文人が言った。

「今、店に来ている客が持ち込んで来たもので、本物かどうか、それにどれくらいの値打ちがあるのか知りたいと言われて、困ってしまったんだ」

「本物とは？」

墨客が問うと、伊兵衛は困ったような曖昧《あいまい》な笑みになり、

「客は大石内蔵助が書いたものだと言ってるんだよ。信じ難い話だろう」

文人と墨客は驚いて見交わし、真剣な目になって文面に見入った。

「ここで吉良殿と書いてあるのは、あの吉良上野介のことか」

文人が言うと、墨客は混乱の表情で、

「あり得んじゃろう、大石がなぜ仇《かたき》の吉良に書状を送るものか。日附《ひづ》けを見てみなさい」

文人が食い入るように書面を見て、

「元禄十四年七月三十日とあるが」

墨客はそこではたと膝《ひざ》を打ち、

「待て、元禄十四年七月三十日ならば、その前月の六月二十四日は浅野家菩提寺《ぼだいじ》の華岳寺《がくじ》で、内匠頭の百箇日法要《ひやつかにちほうよう》が営まれている。翌日に大石は山科《やましな》に引っ込んで隠棲《いんせい》することになったんじゃ。書状がその日附けなら信憑性《しんぴようせい》を帯びてくるではないか。山科に引き籠《こ》もりながらも、大石はお家再興を願って奔走《ほんそう》を始めるのだ」

文人も同調し、

「うむ、うむ、知らいでか。初めは京都六波羅《ろくはら》の義山和尚《ぎざんおしよう》に助成を頼んだ。したが不在だったがため、赤穂遠林寺《おんりんじ》の祐海《ゆうかい》和尚を江戸に遣わすことにした」

「左様。将軍綱吉《つなよし》公と生母桂昌院《けいしょういん》に信頼厚い護持院《ごじいん》の大僧正隆光《りゆうこう》に縋り、内匠頭舎弟《しやてい》浅野大学《だいがく》への跡目相続を願い出たのだ。祐海は江戸に出て浅野家再興に尽力するも、無念にも綱吉公にまでその声は届かなんだ」

墨客の言葉に、文人も興奮して、

「それだけではないぞ。大石は城明け渡しの際の目付荒木十左衛門《あらきじゆうざえもん》らを通じて幕閣に働きかけ、側用人柳沢出羽守《そばようにんやなぎさわでわのかみ》筋にもお家再興の工作をしている。しかしすべては徒労に終わった。万策尽きたのだ。そこで苦肉の策として仇の吉良にこれなる書状を出したとなれば、存外に本物の様相を呈してくるではないか」

やきもきして聞いていた伊兵衛が言う。

「それじゃこれは、本物の大石内蔵助の書状なんだね」

「いや、待ちなさい。本物にしては紙が白くないかね。百年以上も経っているのだから、もっと古ぼけていなくてはいかん」

墨客が素朴な疑問で言った。

「それは写しだと言っている。本物は持っているそうだ。文面の中身を吟味《ぎんみ》して貰いたいらしいんだが、どうしたものかね」

伊兵衛が問うと、文人が答える。

「持ち込んだのはどんな客なんだ」

「まだ若い男と娘っ子だよ。どうやってこれを手に入れたのか、いくら聞いても答えないんだ」

「どうも眉唾臭《まゆつばくさ》いな、ちょっと自身番へ走って町役人《ちょうやくにん》を呼んで来たらどうだ。どっかから盗み出したものかも知れんだろう」

「そうだね、じゃひとっ走りしてくるよ。先生方、二人を見張っていてくれないか。いいね、頼むよ」

言い残し、伊兵衛は立ち去った。

文人と墨客はまた見交わして、恐る恐る行動を開始した。隣家へ足音を忍ばせるようにして近づき、古道具屋の店先へ廻ってなかを窺《うかが》い見た。

ところが店内に客の姿はなく、文人が雑巾掛《ぞうきんが》けをしている小僧に聞いた。

「これ、ここに客が二人いたはずなんだが、どこへ行ったね」

「たった今泡を食って出て行きましたよ。旦那さんが自身番へ走るのを見ていたんです」

あっけらかんと、小僧は答える。

古道具屋などでは、こういうことはしょっちゅうあるようだ。

九

本所三つ目橋まで走って来て、小夜と千吉はそこで立ち止まった。橋の上は人の往来がひっきりなしだ。

「危ないとこだったわね」

小夜が言うと、千吉は橋の欄干《らんかん》に前屈みになって、

「畜生、どうしておれたちを疑うんだ。これで七軒目だぜ。どの店も疑り深えだけで、ろくな目利きもできねえくせしやがって」

「本物を見せるわけにはゆかないから、また写しを作らなくちゃいけないわ。あたしの字が下手糞《へたくそ》だから怪しまれるのかも知れない」

小夜が帯の上をそっと押さえた。そこに油紙で包んだ本物の書状がしまってあった。通りすがりの祠《ほこら》のなかに隠してあったものを、千吉を信用して取り出して来たものだ。

「どこかに代書屋はいねえものかな。探してみるか」

「うん、そうね。でもそれより千吉さん」

「なんだ」

「あたし、もうお金がないの。あんた、持ってる？」

千吉がふところから薄い財布を取り出し、中身を掌《てのひら》に振ってみせた。ぱらぱらと文銭が数枚落ちる。

「これじゃ安宿にも泊まれねえな」

「代書屋だって頼めないわ」

人波に逆らって、二人は当てもなくとぼとぼと歩く。

「どうしよう、これから」

小夜が言っても、千吉に思案は浮かばず、

「これからどころか、今日の飯も食えねえ」

「そう言えば朝から何も食べてなかったわ」

千吉は情けない表情になって、

「小夜、すまねえ。偉そうなことばかり言ってるけど、おれぁおめえに満足に飯も食わせられねえんだ」

小夜はかぶりを振って頰笑《ほほえ》む。

それを千吉が怪訝《けげん》に見る。

「嬉しいの、あたし」

「なんで」

「だってずっとこうして千吉さんと一緒なんだもの。お腹《なか》は空いてるけど、とっても幸せな気分だわ。見て、空だってあんなに青いのよ」

千吉は青空を眩《まぶ》しそうに見やって、

「おれもそうだと言いてえけど、背に腹は替えられねえじゃねえか。ぶっ倒れそうだぜ」

「ねっ、こうなったら食い逃げしない？」

目をきらきらさせて小夜は言う。

「食い逃げだと？」

千吉は仰天《ぎょうてん》する。

「おめえの口からそんな言葉が出るなんて、驚き桃の木だぜ。まさか冗談じゃねえよな」

小夜はこくっとうなずいて肯定し、千吉をうながしてずんずん先に立った。思い立ったら行動の早いのが小夜なのだ。雁治屋喜和蔵を手に掛けた時のように。

一膳飯屋の入口に近い床几に陣取り、二人はどんぶり飯に茄子《なす》の煮つけと沢庵《たくあん》の大盛りで旺盛《おうせい》に食べまくっている。客は数人で、親爺《おやじ》が立ち働いている。

やがて満腹になり、二人は含んだ目を交わし合い、突如脱兎《だっと》の如《ごと》く店から飛び出した。

「あっ、食い逃げだ、待ちやがれ」

親爺の怒鳴り声を背に、二人は雲を霞《かすみ》と逃げ去った。

そうして材木置場の陰に隠れて息を殺していると、丸太ん棒を振り上げた親爺と客数人が二人を追って駆け抜けて行った。

「今の店、憶《おぼ》えといてね」

小夜が言うから、千吉は訝《いぶか》って、

「なんでだ」

「書付けがお金になったら返しに行くの。食い逃げなんかで捕まるのは嫌よ。あたしは人でなしかも知れないけど、罰を受けるのはあくまで喜和蔵殺しの下手人としてでないといけないの。それじゃないと女が廃《すた》るわ」

「そ、そりゃいい了見《りようけん》だがよ、そんな先のことは考えられねえや。とりあえず今夜の塒《ねぐら》はどうする」

小夜は材木の積まれた辺りを見廻し、

「今夜はここで寝よう。二人で寄り添って寝れば寒くないわよ」

「逞《たくま》しいんだな、おめえって奴は」

千吉は感心する。

「御免なさい、指図がましくって」

「いいってことよ。おめえが大層なしっかり者なんで、おれぁ助けられてるぜ」

本心で言った。もはや小夜なしでは生きられないと思っていた。

「よし、おれぁ明日、車力《しやりき》をやって稼いでくらあ」

車力とは大八車などを引き、荷物の運搬などを業とする仕事だ。重労働だが単なる力仕事だから、身許《みもと》を調べられることはない。

「あたしのために働いてくれるのね、千吉さん」

「何を言ってるんだ、そりゃ違うぜ」

「えっ」

「二人のためだよ」

とたんに小夜の表情が綻《ほころ》んだ。

十

火盗改め与力上月景虎は、白雲堂へ入って来るとおもむろに深編笠を取り、無言で店内を見廻した。他に客の姿はない。

上月は顔青白く、頬《ほお》は削《そ》げて鬼神が如き眼光は射るように鋭く、余人を寄せつけぬ雰囲気の男だ。黒の着流しで佩刀《はいとう》し、今日は火盗改め特有の長十手を腰にぶち込んでいる。

上月の様子を見守っていた番頭、手代、小僧たちが、怖ろしげに慌てて目を逸らした。

「主を呼べ」

上月が言うと、番頭はおののいて「へい」と答え、奥の帳場格子《ちょうばごうし》へ急いだ。そこで帳合《ちょうあい》をしていた伊兵衛に何事か囁《ささや》く。

伊兵衛は前垂れを外しながら上月の前へ来て叩頭《こうとう》し、

「へい、なんぞ」

と言った。

「昨日のことだ」

「へい」

「若い男と女の二人組がここへ参り、曰《いわ》く付きの書状を持ち込んだであろう」

伊兵衛に緊張が走った。

「へっ、仰せの通りで」

「中身は」

「中身でございますか？　そ、それは……」

伊兵衛は言い淀む。

「有体《ありてい》に申せ」

「急にそう申されましても。あ、あの、どちら様でございましょうか」

「火附盗賊改め方の者だ」

上月が長十手を抜いて突き出した。

「うへえ、ご無礼を」

伊兵衛が這いつくばった。

「聞かれたことに答えろ」

「か、かの名高き大石内蔵助様の書状にございました」

「読んだのか」

「いえ、はっきりとは」

「二人は書状をどうするつもりであったか」

「本物かどうか見極めて欲しい、値打ちはどれほどのものかと」

「どうした、それで」

「書状がいかがわしいものであっては困りますので、町役人に立ち会って貰おうとひとっ走りしている間に、どこかへ行っちまいました」

「おまえが見た書状は本物か」

「写しと申しておりました。ですから二人のどちらかが本物を持っているはずでして。何せ大石内蔵助様でございますから、もし本物でしたら大変な代物ということに」

「その写しはどこにある」

「へへっ」

伊兵衛は帳場へ戻り、書状を持って上月の前へ畏《かしこ》まり、差し出した。

それをぶん取るようにし、なかを開いてざっと目を通し、上月はふところに収めて、

「二人はどこへ行ったかわからんか」

「逃げ足の早い奴らでございました」

「相わかった」

上月が笠を被って表へ出ると、左右から仙右衛門、由兵衛、猿の市が駆け寄って来た。

「上月様、新しい知らせが」

仙右衛門が言い、声を低くして、

「小夜と千吉の二人は本所二つ目の飯屋で食い逃げをやらかしやしたぜ。たらふく食ってずらかったそうで。奴ら金も底を突いて、かなり追い詰められておりやさ」

次いで由兵衛が言う。

「千吉ってな、威勢はいいんですがいざとなるとからっきしなところがございやす。こいつぁ小夜って小娘に引きずられておりやすね」

「まだ本所界隈に居るな」

三人が揃ってうなずく。

上月は苛立《いらだ》ちを募らせるも、しかし沈着な声で、

「隈《くま》なく探せ。手が足らねば増やせ。こっちも手下《てか》の何人かを差し遣わす。なんとしてでも両名をひっ捕え、書状を奪い返すのだ」

十一

このところ代筆屋の仕事が忙しく、お雀は寝る間もないほどだった。

飯の心配は無用ということになっていて、左内が毎月長屋のかみさんたちに幾らか渡して、お雀の面倒を見るように頼んである。だから入れ代り立ち代りかみさんたちが世話を焼いてくれ、三度の飯には事欠かない。

昨夜は遅くまで商家の売掛証文《うりかけしょうもん》の作成に取り組んでいたから、起きたのは昼近くになっていた。それでも仕事は終わらず、飯を済ませた後に再開した。

「あの、御免下さい」

表で小夜の声がした。

お雀は「はい」と答え、文机《ふづくえ》から離れて三和土《たたき》に下り、油障子を開けた。

小夜が一人で立っていた。それなりに身装《みなり》を整えている。千吉が賃金の高い重労働をして稼いだ金で、二人はやや余裕ができた。

「はい、なんぞ」

「こちら、代書屋さんですよね」

「そうです」

「ちょっと仕事を頼みたいんですけど、いいですか」

「あ、はい、でも今は立て混んでまして、少し暇が掛かりますよ」

「どれくらい？」

「そうですねえ、三、四日かしら」

「それならお願いします。本所界隈を探したんですけど、代書屋さんがなかなかなくて」

「まっ、お上がり下さいまし」

お雀は小夜を招じ入れ、座敷で向き合う。

「どんな仕事ですか」

お雀が聞くと、小夜は胸許《むなもと》に挟んだ元本の書状を抜き出し、油紙を外してそっと差し出した。

「とても古いものなんですけど、これの写しが欲しいんです。二通ほどこさえてくれませんか」

「二通ですね、はい」

言いながら書状を開き、読み進むうちにお雀の胸の鼓動《こどう》がどくどくっと高鳴ってきた。

（こんなことってあるのかしら）

大石内蔵助や吉良上野介の名がはっきりと読み取れる。まさにこれぞ、左内から聞いていた大野八兵衛の許から盗まれた密書ではないか。この密書を争って正邪《せいじゃ》入り乱れ、血眼の探索劇が繰り広げられているのだ。

わからないように、そっと小娘の顔を窺い見た。

お雀より年下で、まだどこかあどけなさの残るような面立ちをしている。この娘こそが小夜という名で、機織屋の親方を刺し殺し、この密書を奪って逃げた張本人なのだ。それがめぐりめぐってお雀の所へ現れた。極めて稀《まれ》な、千載一遇《せんざいいちぐう》の出来事ではないか。

（どうしよう……）

身の震える思いがした。落ち着け、落ち着けと心の声が言っている。しかしとても落ち着いてなどいられない。といって、ここでこっちのことが見破られたら、小夜は密書を取り返してすぐに消え去るだろう。地団駄《じだんだ》踏んで悔しがってもとても足では追いつかない。いや、それより何より左内に合わす顔がなくなる。

「あたし、無学なんで何が書いてあるのかわからないので、そっくり書き写しますね」

「ええ、それでいいです」

小夜の表情にも少なからず緊張が窺える。

動揺を押し隠して、お雀は手許の震えを気取られぬようにしながら、二人分の茶を淹れる。

茶を小夜の方へ差し出し、さり気なく問うた。

「お見かけしたことがありませんけど、ここいらの人ですか」

「いいえ、あたしの在所は王子村です」

小夜は正直に言う。

「飛鳥山の近くですね」

「桜の名所です。今年はもう散ってしまいましたけど、毎年人が浮かれに来ます。見ているだけで楽しいんですよ」

なんの疑いもないようで、小夜は茶を啜っている。

そこで会話が途切れ、お雀は焦った。今やるべきは小夜を訴人《そにん》することよりも、この密書を逸早《いちはや》く左内に手渡さねばならない。

「それじゃ三日後ということにして貰えますか」

「どうかよろしく」

「どこにお泊まりですか？　出来たら持って行きますよ」

「それには及びません、あたしの方から取りに来ます。三日後の昼頃《ごろ》でいいですか」

「は、はい、なんとかそれまでに」

「お代は？」

「その時で結構です」

密書を預けて、小夜は出て行き、お雀は急いで身支度をした。密書を元通り油紙に包んで胸に差し入れ、杖を手に油障子を開けた。

そこで「あっ」と小さい声を上げた。

盲人になりすました猿の市が、にこやかに立っていたのだ。

第四章　小雪太夫

一

「なんですか、おまえさんは。按摩《あんま》なんか頼んでませんよ」

気丈に言うと、猿の市がぱっちり目を開けたので、それだけでお雀は危険なものを察知して身構えた。

猿の市は不気味な笑みを絶やさず、ざらついた声で、

「今ここに娘っ子が来て、おまえさんに大事なものを預けたはずだ。それをこっちへ寄越《よこ》しなよ」

とっさにお雀が胸許《むなもと》を押さえた。

「そこにあるのか」

猿の市が言って手を伸ばし、とたんに「あっ」と叫んだ。お雀が杖《つえ》でその手の甲を強《したた》かに打ったのだ。

そうしてお雀は猿の市を突きのけて家から飛び出し、

「誰《だれ》か来て、泥棒っ」

　と大声で叫んだ。家々の戸が開き、かみさんたちが何事かと出て来た。泡を食う猿の市を尻目《しりめ》に、足が悪いだけに走るのは苦手なのだが、お雀は杖を突きながら懸命に路地を出て行った。すかさず追いかかる猿の市を、かみさんたちが寄ってたかって取り囲んだ。

「やい、この偽《にせ》按摩、前からものがなくなると思っていたらあんたの仕業《しわざ》だったのかい」

　かみさんの一人が猿の市の襟首《えりくび》をつかんで言うと、別の一人も詰め寄って、

「なんだってこんな貧乏長屋に入るんだい、馬鹿じゃないの、この人は。大間抜けだよ」

「さあ、自身番に突き出してやろう。こんな奴《やつ》、とっちめてやらなくちゃいけないんだ」

　かみさんたちが群がった。

　猿の市はそれらを力ずくで振り払い、

「じゃかあしい、くそ婆《ばば》ぁどもめ。あたしゃそんなんじゃねえんだ、そこをどきやがれ」

吼《ほ》えて暴れ、お雀を追って行った。

ところが大通りへ出ると、お雀の姿はどこにもなかった。

「あっ、くそう……」

焦って見廻《みまわ》し、猿の市は一方へ見当をつけて走って行った。

お雀は家の陰に隠れてそれを見送っていたが、急いで身をひるがえした。とたんにぎょっとなって立ち尽くす。

鳥追笠《とりおいがさ》で面体《めんてい》を隠し、立ち姿がすらっと美しい女が立ちはだかっていたのだ。本物の鳥追なら商売道具の三味線《しゃみせん》を抱えているはずだが、女は手ぶらである。

鳥追とは家々の前で三味を弾《ひ》いて唄《うた》い、それで鳥目《ちょうもく》（銭）を得て生計を立てている門付け芸人のことだ。

「誰よ、なんなの、おまえさんは」

お雀が睨《にら》んで言い、油断なく後ずさると、女はひと言も発せぬまま機敏に動いて襲いかかってきた。お雀の手から杖をもぎ取って放《ほう》り投げ、組み打つ姿勢でお雀を倒して押さえ込み、胸許にさっと手を差し入れ、油紙に包まれた密書を奪い取った。

「あっ、それは」

叫んで手をばたつかせるお雀の頬《ほお》を、女は容赦《ようしゃ》なく打擲《ちょうちゃく》する。そしてすっくと立ち上がるや、お雀の脇腹《わきばら》に思い切り蹴《け》りを入れ、すばやく立ち去った。

「もう、なんでなのよ」

嘆いて足掻《あが》くお雀に、それを見ていた通りすがりの職人風の男が駆け寄って来た。

「あんた、大丈夫かね」

と親切に言う男に、お雀は叫ぶ。

「あたしはいいから、今の女を追って。捕まえて」


男は中年の大工職で、目をしょぼつかせながら証言する。

本所一つ目にある自身番奥の板の間で、駆けつけた布引左内とお雀が、男の前に座していた。

「この娘さんに言われて追いかけたんだが、もうどこにも見当たんなかった。すまねえ」

「どんな女だった、面ぁ見てねえかい」

左内の問いに、男が答える。

「鳥追の笠ってな、女の編笠だから顔がすっぽり隠れちまうんだ。けどちらっとだけ見えたよ。細面《ほそおもて》の別嬪《べっぴん》だったね。年の頃《ころ》は二十の半ばぐれえじゃねえかなあ」

男に礼を言って帰し、お雀は左内と二人だけになると、歯噛《はが》みせんばかりにして、

「こんな悔しい思いをしたことはないわ、旦那《だんな》。折角《せっかく》あの密書が手に入ったってのに、なんだってこんなことに」

左内は不可思議《ふかしぎ》な思いでうなずき、

「それにしても、めぐりめぐって密書がよくぞおめえん所に来たもんだなあ。代筆屋だって探しゃいくらだっているってのによ、こいつぁなんだか因縁《いんねん》めいたものを感じるぜ」

「どんな因縁？」

「大石内蔵助様よ」

「うん、そうね、あたしもそう思う。こうして密書を何人もの人が血眼《ちまなこ》になっての奪い合いとなると、まるで甘いものに群がる蟻《あり》みたいな気がする」

「鳥追女はいってえ何者なんだ」

新手《あらて》の敵の登場に、左内は難儀な思いになっている。

「まるっきりわからない。偽按摩が火盗改《かとうあらた》めの手先なら、あの女は別口として密書を狙《ねら》っていたことになるわ」

「密書を狙う奴らは際限なく広がってよ、まったく、途方もねえな」

そこで左内が話題を変えて、

「それよりお雀、おめえ密書の中身は読んだんだな」

お雀がうなずき、

「確《しか》と読んだわ」

「どんなことが書いてあった」

「旦那から聞いた通りの内容だった。ご主君の内匠頭様だけが切腹させられて、理不《りふ》尽《じん》この上ないから吉良殿にも腹を召して頂きたいと、そんなようなことを大石内蔵助様が切々と訴えているの。正直、その通りだと思うから、こんなあたしでも胸が詰まったわ。でも結局討入りはなされたのよね」

急に左内が何も言わなくなった。

「聞いてるの、旦那」

「……」

「ねっ、旦那」

「畜生め、今さらながら腹が立ってきたんだよ、なんだって吉良は腹を切らなかった。さむれえの風上にも置けねえじゃねえか」

吐き捨てるように言っておき、

「お雀、おめえ暫《しばら》く長屋に戻っちゃならねえぞ」

「また敵が来るのね」

「そういうこった」

「どこに身を隠せばいい」

「八丁堀の近くへ来い。おれの目の届く所に居て貰《もら》いてえ。どっかに身を寄せる所はねえかい」

お雀は少し考えていたが、

「あるわ、一軒だけ」

悪戯《いたずら》っぽい笑みになって言った。

二

小屋裏手の勝手口からなかへ入り、通路を進んで楽屋へ辿《たど》り着いたところで、小雪《こゆき》は変装用の鳥追笠を取った。

舞台の方からは、賑《にぎ》やかに三味の合奏が聞こえている。

小雪は二十半ばの若さだが、この両国竹本座《たけもとざ》の娘義太夫《むすめぎだゆう》の看板太夫として、人気を博していた。

義太夫節の元は浄瑠璃《じょうるり》であり、室町《むろまち》の中期頃から興《おこ》ったものだ。初めは琵琶《びわ》や扇《おうぎ》拍子《びょうし》の伴奏で牛若丸《うしわかまる》と浄瑠璃姫の恋物語を座頭《ざとう》が語ったりしていたが、大衆に受けるや人形操《にんぎょうあやつ》りと結びつき、人形浄瑠璃へと発展した。

やがて貞享《じょうきょう》元年（一六八四）に、竹本義太夫が大坂《おおさか》の竹本座で義太夫節の語りを始め、作者の近松門左衛門《ちかまつもんざえもん》と組んで評判となり、浄瑠璃は義太夫節の異名ともなった。悲恋や人の世の悲運などを哀調切々《あいちょうせつせつ》と語るところが、お涙頂戴《なみだちょうだい》好きの庶民に受け、すっかり定着して今でもその人気に翳《かげ》りは見えない。

小雪は小袖《こそで》を脱ぐと舞台衣装に着替え、やがて鏡の前に座って白粉《おしろい》を濃く塗り、紅を引いて手早く舞台化粧を始めた。出番が近いのである。整った目鼻立ちだが冷酷《れいこく》そうで、余人に付け入る隙《すき》を与えない女だ。

師匠である竹本焉太夫《えんだゆう》が、荒々しい足取りで入って来た。

焉太夫は白髪の老齢で、座元らしき貫禄《かんろく》をたっぷり具《そな》えた男だ。小雪とおなじく、舞台衣装の肩衣半袴《かたぎぬはんばかま》の姿になっている。

「どこへ行っていたんだ、小雪。舞台に穴が開いたらと思って気を揉《も》んだよ。おまえは時々そういう勝手なことをするから、困るじゃないか」

焉太夫は難詰《なんきつ》する。

「お師匠さん、御免《ごめん》なさい」

小雪は化粧の手を止め、焉太夫の方に向き直って平謝りに叩頭《こうとう》した。しかし遅れた理由は明かさない。

「一座はおまえの人気で持っているからあまり文句は言えないのが実情だけど、図に乗るとあたしにも考えがあるからね」

焉太夫が強く言うと、小雪は消え入らんばかりの風情《ふぜい》になってしおらしく謝罪をする。

「どうか許して下さい、もうしませんので」

「わかった、それならもういいよ。支度をしておくれ」

言い置いて焉太夫が去ると、入れ違いに舞台番の銀次《ぎんじ》が暖簾《のれん》から顔を見せた。屈強な中年男で、顔つきも強面《こわもて》だ。

舞台番というのは小屋の非常に備える用心棒で、無銭入場の客を見張り、喧嘩《けんか》口論の仲裁、急病人の世話などがその仕事である。

「太夫、出番でさ、そろそろ舞台へ」

小雪がうなずいて立つと、銀次が鋭い目を投げてきて、そばに来た小雪に小声で問うてきた。

「首尾を聞かせて下せえやし」

すると小雪は焉太夫には見せない別の顔になり、

「手に入れたよ」

女ながらどすの利いた声で言った。

「そいつぁすげえや、さすが姐《あね》さんだ」

銀次が悪相に笑みを浮かべる。

小雪は立ち話で密談する。

「小夜って小娘をつけ廻《まわ》してたら、本所一つ目の長屋へ行って代書屋に密書の代書を頼んだんだよ。ところがその代書屋も小娘で、密書を持ってどっかへ行こうとした。それを偽按摩が追って密書を奪おうとしたのさ。あたしは代書屋の娘を追いかけて、ようやっと手に入れた」

「その偽按摩ってな上月景虎の手先でがんすぜ。となると、代書屋ってのも只者《ただもの》じゃねえのかな」

「素性《すじよう》を洗っときな」

「承知しやした」

「後の手筈《てはず》は」

「早々に段取りつけまさ」

「そうしとくれ。密書を手に入れたからには早いとこ〝梵天様《ぼんてんさま》〟に会って、金にしたいんだ」

「へっ」

梵天様とは何者なのか、あるいは何かの符牒《ふちょう》なのか。

小雪はがらっと一変して華やいだ表情を造り、楽屋を出て行った。

やがて舞台に上がったらしく、拍子木《ひょうしぎ》が鳴らされ、客たちがやんやともて囃《はや》す声が聞こえてきた。

三

寝静まった文六長屋に無数の人影が差し、お雀の家に近づいて来た。猿の市と浪人の三人だ。

浪人三人は上月に雇われた者たちで、その姿は板橋宿からあった。

お雀の家にだけ煌々《こうこう》と火が灯《とも》されている。

猿の市が勢いをつけて油障子《あぶらしょうじ》を開けると、家のなかは空で、四人がざわついた。

背後から左内の声が掛かった。

「無駄足だったな、代筆屋はこっちの手の内にあらあ」

浪人たちが腕まくりをし、無言で左内に襲いかかった。

左内は抜く手も見せずに抜刀するや、峰を返して手練《しゅれん》の早業で浪人たちを叩《たた》き伏せた。

刀を納めるや、茫然《ぼうぜん》と突っ立っている猿の市に左内が脅《おど》しをかけた。

「案内しろ」

猿の市の目が泳ぐ。

「おめえの雇い主ん所だよ」

「いえ、そんなものはあたしには」

「四の五のぬかすんじゃねえ、ねたは上がってるんだ」

左内が猿の市の背を乱暴に押して歩きだすと、物陰に潜んでいた捕方《とりかた》の五、六人が姿を現した。全員が六尺棒《ろくしゃくぼう》を携《たずさ》え、捕縄《とりなわ》を握っている。

彼らに目顔で頼んでおき、左内は猿の市と立ち去った。

捕方らは浪人三人に一斉に群がり、縄を打った。

本所一つ目橋近くの河岸《かし》に、上月景虎は猿の市らの首尾を待って一人佇《たたず》んでいた。黒頭巾《くろずきん》に黒の着流し姿で佩刀《はいとう》している。

そこへ左内が猿の市を引っ立てて現れた。

猿の市は両手を前にして縛られ、不安を浮かべておたついている。

上月が険《けわ》しい目で左内を睨んだ。

「この偽按摩は貴殿の手の者ですかな」

上月の目に憤怒《ふんぬ》がみなぎる。

「お手前は」

「はっ、申し遅れました。北町の定廻《じょうまわ》り同心で布引左内と申します」

「うぬっ」

上月が唸《うな》った。

「貴殿も名乗られよ」

「……」

「名乗られよ」

左内が重ねて言った。

上月は聞き取れないような声で、

「火附盗賊改《ひつけとうぞくあらた》め方《かた》与力、上月景虎」

やむなく名乗った。

「与力殿でござったか、これは大変ご無礼を。その上月殿が夜の夜中にこんな所で何をなされておられるか。お答え願おう」

「……」

「人に言えぬことですかな」

何も答えぬ上月に、左内はにやっと笑い、

「ははは、何もかもわかっていながら愚問を発してしまいましたな。ぶっちゃけ申しましょう。代筆屋は姿を消し去り、例の密書は見つからずじまいなのですよ。わたしも八方手を尽くして探しております。それと貴殿の手の者と思われる浪人三人も、この偽按摩同様に捕縛致しましたぞ」

「なんの話をしているのかわからんな。その按摩や浪人どもを手の者と申されたが、わしの与《あずか》り知らぬ連中だ。妙にこじつけられても迷惑千万にござる」

猿の市が唖然《あぜん》となって、

「そんなあ……上月様、そりゃないいんじゃございませんか」

「黙れ」

上月が激昂《げっこう》し、いきなり刀を抜いて猿の市を袈裟《けさ》斬《ぎ》りにした。

「ぐわっ」

絶叫を上げて猿の市は倒れ伏した。血に染まって転げ廻っていたが、やがて絶命する。

左内は慄然《りつぜん》となって佇立《ちょりつ》している。

「われら火盗改めは斬り捨て御免、咎《とが》めはなしにして貰おう」

「いやいやいや、驚きましたな。都合が悪くなると死人に口なしでござるか。それが火盗改めのやり方であると」

「なんだと」

上月が左内を見据え、火花が散った。

「布引左内、その名覚えておこう」

捨て科白《ぜりふ》で、上月は去った。

「くそったれえ……」

ほざいた左内が気配に鋭い目をやった。

土手の茂みにしゃがみ込んだ仙右衛門と由兵衛の姿があったのだ。

「こいつの仲間か」

猿の市を指して左内が言うと、二人はかくかくっと共にうなずき、怯《おび》えた表情を歪《ゆが》ませて猿の市の死骸《しがい》に駆け寄って来た。

四

本所一つ目橋、自身番の奥の板の間で、左内と仙右衛門、由兵衛は向き合った。

夜更けて自身番のなかは人が居なくなり、家主《いえぬし》も店番も引き上げ、表座敷に番人が居るだけでひっそりとしている。

「まずおめえらの前歴から聞こうか」

左内が水を向けると、二人はおずおずと見交わし合い、

「おれぁ仙右衛門で、こいつぁ由兵衛って言う。若え頃に野州《やしゅう》のおなじ在所を捨てて、江戸に住み着いた。喧嘩や博奕《ばくち》に明け暮れるうちに、食うに困ってお定まりの道にへえったんだ」

「道にもいろいろあるぜ」

由兵衛が苦笑いで、

「人のものをちょいと拝借して凌《しの》いできたと思いねえ。そう言やぁ旦那ならわかるだろ」

「つまり盗《ぬす》っ人《と》だな」

二人は恐縮の体《てい》になってうなずく。

「それがなんで、盗っ人よりたちの悪い火盗改めの手先なんかになったんだ」

「ちょっと待ってくれ、旦那」

仙右衛門が抗弁する。

「火盗改めの旦那方はみんなおれたちみてえな手先を抱えちゃいるが、盗っ人より悪いたぁなんてえ言い草だい。盗っ人の方が悪いに決まってんじゃねえか」

「けど火盗改めは盗っ人の上前はねるようなこと平気でやってんだろ。おれぁそう思ってるぜ」

二人は押し黙る。

「違うかい」

「ほかの旦那方はそこまで悪くねえ。手立ては荒っぽいけど、元盗っ人や博奕打ちに足を洗わせて手先に使っている。それで見張りや潜り込みをやらせて手柄を挙げてるんだ」

「それじゃ上月景虎は特別の悪なんだな」

「ああ、その通りだ」

由兵衛が止めて袖を引くのを、仙右衛門は振り切って、

「おれぁ猿の市を無慈悲にぶった斬った上月の旦那が許せねえ。こうなったら何もか

もこの旦那に白状するつもりだ」

由兵衛にも迷いはあるものの、仙右衛門の言葉に同調して、

「そうだな、確かに許せねえや。猿の市の野郎はいい奴だった。小狡《こずる》かったが、憎めねえとこもあったよ。仙の字、おれもおめえに意見を合わせるぜ」

仙右衛門がうなずき、左内に向かって、

「布引様と言いなすったね、なんでも聞いてくんな」

左内がここを先途と質問を浴びせる。

「上月ってなどんな男だ」

「どんなって言われても、なんつったらいいのか、あの旦那は剃刀《かみそり》みてえなお人よ。頭は切れるし、油断も隙もねえ。これまで何人の人を叩っ斬ってきたか知れねえのさ。それでもって無類の女好きときてやがる。おれたちも人のこと言えた義理じゃねえが、あれほど悪じゃなかったぜ、なあ、由兵衛」

「あの旦那に比べりゃおれたちなんざ可愛《かわい》いもんよ」

左内が得心してうなずき、

「板橋宿の機織雁治屋喜和蔵ってのも、上月の手先だったんだな」

確認で聞いた。

「喜和蔵が上月の旦那に会いに江戸に来た時、一、二度会ったことはあるけど、どんな人間かまではよく知らねえのさ」

仙右衛門が由兵衛の顔を見て言う。由兵衛は首肯《しゅこう》する。

「今争いの的になっている喜和蔵が持っていた密書のことを聞きてえ。その中身の詮《せん》索《さく》はさておくとして、なんであれを喜和蔵が持っていたんだ」

それには由兵衛が答える。

「喜和蔵が郡代の松山軍太夫から話を聞いて、上月の旦那に相談して高値で買ったらしいのさ。なんでも百両がとこ払ったと聞いたぜ」

「郡代はなんでそんなものを持っていた」

「信州《しんしゅう》から来た旅人が怪しいんで、捕まえて詮議《せんぎ》にかけたら密書を持っていたという話なんだ。ああいうものは人の手から手に、諸国を巡ってるんじゃねえのかい」

由兵衛が言うのを、左内は否定して、

「そりゃ違うぜ。密書は諸国を巡ってたんじゃねえ。江戸に居る大野八兵衛ってさむれえの所から盗まれたんだ。その信州の旅人てのはたぶん盗っ人なんだろうぜ」

「そう言われてもなあ、おれたちには」

口籠《くちご》もる由兵衛に、左内が被《かぶ》せて、

「まあ、密書の出どころは置いといてだ、そいつを手にした喜和蔵はなんだってすぐに上月に渡さねえ。雁治屋の蔵んなかに隠し持ってたんだぜ」

「揉めてたのよ、二人は」

仙右衛門が言い、左内は訝《いぶか》って、

「揉めてた？　どういうこった」

「喜和蔵に密書の値打ちがわかってきたんだろ。それで惜しくなった。最初に百両を出したな上月の旦那だけど、喜和蔵はそれを上廻る金で譲ってくれと言っていたと、おれぁ聞いてるぜ」

仙右衛門の言葉を、由兵衛が継いで、

「近々上月の旦那は板橋へ行って喜和蔵に揺さぶりをかけるつもりでいたらしい。その矢先に機織娘の小夜に喜和蔵は殺され、密書を持ち逃げされたってえ次第よ」

「それで小夜を血眼で追っていたんだな」

二人が共に目顔でうなずき、

「小夜にゃもう一人、一緒に逃げてる野郎がいる。そいつぁ千吉といって、元々おれたちの仲間だった。ところが小夜といい仲になっちまったらしく、奴は抜けやがった。その方が千吉にとっちゃよかったのかも知れねえがな」

仙右衛門が言った。

「ほう、そんな奴がいるのかい。わかった、気に留めとくぜ」

「布引の旦那、密書は今どこにあるんだ」

由兵衛が聞くから、左内は煙幕を張るように、

「おめえたちは知らなくていい、てえか、もうそろそろ上月から離れて足を洗ったらどうなんでえ。いい年こいてよ、裏渡世で生きるのをやめた方がよかねえか」

二人は何も言わなくなった。

「二人とも、どう見ても六十は過ぎてるよなあ。あれ、七十かな。家族はいねえのかい」

左内の問いに、仙右衛門が正直に答える。

「おれにゃ娘が一人居る。けど一緒に暮らしたことはねえ。母親に預けっ放しで、都合のいい時だけ仕送りをしていた。娘は近頃左官の若えのと夫婦んなって子を生《な》した。遠目ながらおれぁ孫の面を拝みに行ってるよ」

次いで由兵衛も告白する。

「おれんとこの事情も仙の字と似たりよったりよ。こっちは孫が三人だ。どいつもこいつも可愛くってたまらねえのさ」

左内が表情を綻《ほころ》ばせた。

「世間じゃみんなご隠居さんだぜ。悪いこた言わねえ、盗みや博奕から身を引きな。そうしねえと」

脅す顔になり、

「猿の市みてえになったって知らねえぞ」

仙右衛門と由兵衛は顔を青くした。

五

お雀が襲撃を避けて身を隠した先は、八丁堀坂本町《さかもとちょう》二丁目にある『金星屋《きんぼしや》』という煎餅屋《せんべいや》であった。

権十《ごんじゅう》なる六十過ぎの爺《じい》さんが煎餅を焼いて売っている小店《こだな》で、権十に女房や子はなく、気楽な一人暮らしだ。ゆえにお雀にとっても好都合だった。

以前に一度張込みに使っており、お雀用の小部屋もある。権十は口は悪いがお雀との相性もいいのだ。

久々にお雀が顔を出し、ちょっと事情があって、少しの間だけ身を置かしてくれと頼むと、割れた鬼瓦《おにがわら》のような面相の権十は嬉《うれ》しそうな顔になり、「おめえ、やっとその気になったんだな」と言った。

お雀はまごつき、

「えっ、その気って何よ、なんのこと」

「おれと一緒に暮らしてえんだろ」

若い頃から女出入りが絶えず、そっち方面が忙しくて身を固めることを忘れたと、本当かどうかわからないが日頃からそう言っているだけに、権十は自惚《うぬぼ》れが強いようだ。

「そうじゃないんだけど、そういうことにしておくわ、権十さん。お世話になりますね」

お雀が頭を下げると、権十は上機嫌になって、今夜はご馳走《ちそう》を食わせるからと言った。

まだ日が高いので、お雀が店番に出ると、寺子屋帰りの布引坊太郎と杉崎数馬が立ち寄った。今日の学問が終わったのだ。

「まあ、坊太郎ちゃん」

お雀と坊太郎は顔見知りなので、笑みを交わす。二人が塩煎餅を注文し、お雀が焼きたてのそれを手渡した。武家の子で躾《しつけ》が行き届いているから、二人はきちんと銭を払う。

「お雀さんでしたよね」

坊太郎が言うから、お雀はこくっとうなずき、

「憶《おぼ》えていてくれたのね、嬉しいわ」

「今日も父上の仕事で来ているのですか」

左内の手伝いをしていることは、以前に知らせてあった。

「ううん、そうじゃないの、今日は違うの」

数馬が「誰なのだ」と聞くから、坊太郎が父上の手伝いをしている人だと小声で言い、

「きれいな人だろう」

お雀を褒《ほ》めそやした。

「そうかなあ」

「きれいだよ、わからないのか」

「わかった、お主がそう言うのなら」

お雀は浮き立ち、権十にわからないように煎餅を一枚ずつ二人におまけしてやり、

「お屋敷へ帰ってお食べ」

「有難うございます、お雀さん」

坊太郎がお雀に礼を言い、数馬と共に立ち去った。

組屋敷はすぐなので、坊太郎が帰って来ると、門前に田鶴が立っていた。

「母上、只今戻りました」

「お帰り、今日はどうでしたか」

「また先生に素読を褒められたのです」

「それはよかった」

坊太郎が屋敷へ入りかけると、田鶴が呼び止めた。

「坊太郎、坂本町の煎餅屋に娘がいましたね」

「見ていたのですか」

「親しそうに話しておりましたが、以前からの知り合いなのですか」

坊太郎は押し黙る。お雀のことは母上には言いたくないのだ。

「これ、坊太郎」

田鶴に重ねて言われ、坊太郎はやむなく屈伏する。

「はい、そうです、ちょっと前から。あの人はお雀さんといって、父上の手伝いをしているのです」

坊太郎はうつむいて答える。

「えっ、手伝いを？」

田鶴の表情が曇った。

「つまり、きっと手先なのでしょうね。父上に言われて尾行や探索をしているのですよ」

「そうですか……」

武家の夫婦の寝所は別だから、その夜、坊太郎が寝ついたのを見澄まし、左内は自室から枕《まくら》を抱えて寝巻姿で出て来た。

廊下をしずしずと進み、田鶴の居室の外で小さな声を掛ける。

「よろしいですかな、田鶴殿」

うす明りがついているのに、なぜか田鶴の応答はない。

「入ってもよろしいですか」

依然として、田鶴は無言である。

そのまま戻るわけにもゆかず、引っ込みがつかないので、「失礼します」と言って左内は障子を開けた。

田鶴は寝巻姿でこっちに背を向け、布団の横に座していた。心なしか、身を硬くしているようだ。

「どうなされましたか、ご気分でも？」

左内が言いながら入室し、田鶴の背後に座した。

不意に田鶴が口を切った。

「雀なる娘は何者ですか」

「はっ？」

きょとんとなり、次に左内は狼狽《ろうばい》した。田鶴は勘繰《かんぐ》っているのだ。

「雀はちょっとした知り合いの者なのです。それがどうかしましたかな。ご迷惑でもおかけしたのなら謝りますが」

「金星屋に身を置いているのです。坊太郎と親しく話しておりました。聞けば、旦那様の手先であると」

「はあ、まあ、それは間違いありません」

「どのような経緯《いきさつ》で旦那様の手先になったのですか。そのこと、納得のいくようにご説明下され」

父親が左内の手先をやっていて、無法者に手に掛けられ、一人残されたお雀の面倒を見ている現状を、左内は有体《ありてい》に語った。

「雀はどこに住まいおるのでしょう」

「本所一つ目の文六長屋という所です」

「通っているのですか、そこに」

「はあ、用のある時は」

「どんな御用ですか」

「探索や調べ事の依頼ですよ。利発な娘なので捕物の役に立っております」

「それがなぜ金星屋にいるのですか」

「ある事件がありまして、雀は敵から狙われる身になったのです。金星屋にいるのは危険を避けるためなのです」

「旦那様を慕っているのではないのですか」

鼻白《はなじろ》むも、左内はなんとか田鶴にわからせようと、

「わたしと雀は、田鶴殿がお考えになっているような間柄ではありませんよ。誤解なされては困りますなあ」

「幸《さち》の前例があります」

左内の胸にずしんと何かが落ちた。

（来た来た、遂《つい》に来やがったぞ。たぶんそこじゃねえかと思っちゃいたんだけどよ

……)

「それを持ち出されると大変心苦しいのですが、雀とは断じてそんな仲では。わたしを信じて頂きたい」

「信じてよいのですか」

「はっ」

「わたくしの考え過ぎなのですね」

「如何《いか》にも」

田鶴が押し黙る。

「どうも今宵《こよい》はそのう、ふさわしくないようですな、また出直すということに致します」

もごもごと口籠もり、左内が一礼して去りかけると、「お待ち下さい」と田鶴が言う。

ある予感がして、左内は座り直す。

「わたくしの思慮が足りず、浅はかでございました」

「わかって頂けましたか、やれ、よかった」

演技で左内が立ちかけた。

「お待ち下さいまし」

田鶴がまたおなじことを言い、つっと指先を伸ばして行燈《あんどん》の灯を吹き消した。そうして何も言わず、恥ずかしげに布団のなかへ入って顔を隠した。

（やれやれ、疲れるぜ、まったく）

左内が同衾《どうきん》し、いつもの言葉を囁《ささや》いた。

「つかまらせて頂きます」

六

三日目の昼になった。

小夜と千吉は一つ目橋を渡って来て、文六長屋へ向かっていた。

歩きながら、小夜は小声で語る。

「元本と写しが手に入ったらすぐに戻って来るから、千吉さんはここに居て」

目の前の蠟燭屋《ろうそくや》を指し示し、

「それから裏渡世に渡りをつけて、密書を買い取って貰う。まとまった金を手にしたら二人で江戸を売るのよ」

「そうとも。どっか田舎《いなか》へ行って、小商いでもやって二人で暮らすんだ。今のおれの夢はそれしかねえ」

「早くそうなるといいわね」

「まだ気を弛《ゆる》めちゃいけねえぜ」

「わかってる。じゃ行って来る」

千吉をそこへ残し、小夜は裏通りへ入って行った。

うろついて所在なげに待つ千吉に、物陰から現れた仙右衛門と由兵衛がすばやく寄って来た。

「やい、千吉」

由兵衛に声を掛けられ、千吉は仰天《ぎょうてん》して、

「お、お二人さん、どうしてここへ」

「由兵衛と話し合って、おれたちは足を洗うことにしたぜ」

「ええっ、なんだってまた」

仙右衛門が諭《さと》すような口調で、

「おめえもいつまでもこんなことしてねえで身持ちをよくしろよ。あの小夜って娘はよくねえ。災いの元じゃねえか」

「何を言ってるんだ、おれと小夜とはもう末を誓い合った仲なんだ。離れるつもりなんかねえぜ、父《と》っつぁん方」

「おめえ、小夜の素性は知ってんのか」

仙右衛門の言葉に、千吉は身を引き締める思いで、

「ああ、わかってるよ。小夜本人から聞かされたよ」

「だったらよ、小夜が人殺しだってことを忘れちゃならねえ。いいか、この三人のうち誰一人として人を殺《あや》めちゃいねえんだからな」

仙右衛門に代り、由兵衛も諭して、

「千吉、小夜はな、罪を償《つぐな》わなくちゃならねえ身だ。ここは一番、お役人の手に委《ゆだ》ねようじゃねえか」

「わかってねえな、小夜が手に掛けたのは善人とは違って、死んで泣く人なんかいねえ悪党だったんだ」

千吉が言い募る。

「そんな理屈が通るもんか。人殺しは人殺しよ。おめえが小夜を思う気持ちはよくわかるが、おれたちゃ心を鬼にすることにしたぜ」

仙右衛門の言葉に、千吉は面食らって、

「い、いってえ何を言ってるんだ、心を鬼とはどういうことだよ」

「代書屋の家んなかにゃ役人がいてな、小夜を待ち伏せしている。今頃はもう捕まっているかも知れねえ。だから観念するんだ」

引導でも渡すような仙右衛門の言葉に、千吉は驚愕《きょうがく》の目を剝《む》いた。

「なんだと、冗談じゃねえや」

二人を置きざりにし、千吉は長屋へ向かって突っ走った。小夜が役人に捕まっているのなら奪い返さねばならない。どんなことがあっても二人は離れてはいけないのだ。この瞬間に、千吉は小夜との強い絆《きずな》を感じていた。

そうしてお雀の家の油障子にぶち当たるようにして開け放つと、そこに小夜と左内が座敷に向き合って座していた。険悪ではなく、穏やかな様子だ。

その光景を見て信じられない顔になり、千吉は呻《うめ》くような声を漏らした。すぐに言葉が出てこない。これはどうしたことなのだ。

「よっ、おめえが千吉か。まっ、こっちにへえんねえ」

左内は気軽な口調で言うが、それでも千吉は逃げ腰のままで戸口に突っ立ち、

「小夜、どういうことだよ。そこに居るのは八丁堀の役人なんだぞ」

「承知しているわ。でもこの旦那にあたしを捕まえるつもりはないそうよ。先々のことはわからないけど、今は裏渡世に渡りをつけてもっと悪い奴を引っ張り出したいん

だって。だからたった今話し合って、力を貸すことにしたの」

「ち、力を？」

「いいからよ、へえんねえ、千吉」

左内が重ねて言った。

怖気《おじけ》づき、千吉は迷いに迷っている。

「入って、千吉さん。あたしの言うことを信じて。そこに立っていると話が筒抜けなの」

千吉が用心しながら入って来て三和土《たたき》に立ち、そこでへなっと上がり框《がまち》に座して、

「お役人様、小夜を捕まえねえとはどういうことなんで。あっしにゃもう何がなんだか」

「無理もねえ。おれだって最初は小夜とおめえをふん捕めえようと、ここで手ぐすね引いて網を張ってたんだ」

するとと小夜が入って来て、左内の姿に驚きも見せずに、「あらっ」と言ったそうな。

「あらだぞ、おめえ。ふつうは真っ青になって逃げ出すところだろ。それをこの小夜はそうしねえで、次によ、ここの人はってなんでもねえような面して聞いてきたんだ」

それで拍子抜《ひょうしぬ》けしてしまい、左内は捕まえる気がしなくなったと言う。

千吉はまだ信じ難い気持ちで、

「い、いや、待って下せえ、だからって小夜に縄を打たねえ理由にゃならねえ。もしかして、束の間《つかのま》安心させといて一気にふん縛るおつもりなんじゃ？」

左内は「あはは」と磊落《らいらく》に笑い、躰《からだ》の向きを変えてお雀の酒徳利《さかどつくり》を引き寄せ、茶碗《ちゃわん》も三つ取って、

「まっ、千吉よ、真っ昼間からなんだけど、いっぺえやらねえか」

「へっ」

遂に千吉は上がり込み、左内の前に膝頭《ひざがしら》を揃《そろ》える。酒でも飲まねばやっていられない不安な心境だ。

「この旦那は布引様っていうんだって」

小夜が言い、左内の手から茶碗を取って三人の膝元に置き、徳利の酒を注《つ》ぐ。

「小夜、おめえは腹が据わってるよなあ」

左内が言えば、小夜はくすくすっと笑って、

「そう思いますか、そうでもないんですよ。躰のどっかがきっと震えてます」

三人は冷やのままで酒を飲む。

「布引様、密書の件なんですが」

千吉がおずおずと切り出した。

「今は誰の手にあるんです」

「うむ、それなんだ。小夜が代筆を頼んだここの住人のお雀は、偶然にもおれの手先だったのさ」

「何も知らないで、あたしが馬鹿でした」

小夜が悔やんでうなだれる。

左内はつづける。

「それで図らずも密書が手にへえったもんだから、おれぁ舞い上がっちまってよ、これでやっと元の持ち主にけえせると思った。ところが新手《あらて》が現れやがってな、お雀から密書を奪ってったんだ」

小夜が左内に問う。

「あ、あの、元の持ち主って、雁治屋の親方じゃないんですか」

「いいや、そうじゃねえ。詳しい経緯は省くが、本当の持ち主ってな別に居て、おれあそっちの筋から頼まれて動いてるんだ」

「まあ、そうだったんですか。その先はまだあたしも聞いてません。新手って何者なんですか」

　小夜が左内に問うた。

「女だとよ、それもひとかどの女らしいんだが、密書を奪う時にお雀を殴る蹴るしやがった。そこまでやるとなると、只もんじゃねえやな」

「あたしたちがその女を捕まえたら、布引様は罪が減るように上に掛け合って下さるんだって。つまりあたしを死罪にはさせないそうなの。事情を汲《く》み取ってくれるのよ」

　小夜は千吉に向かって言う。

「けど小夜、だからっておめえ……」

「布引様と会わなかったら、密書を手にしておまえさんと逃げるつもりでいたでしょ。でもそうはゆかないことがこれでよっくわかったの。罪はついて廻るし、消し去ることは出来ないわ」

「千吉、おめえが来るまでそのことを話し合っていたのさ。小夜は馬鹿じゃねえ。すぐにおれの言うことをわかってくれたぜ。どうでえ、まだ得心がゆかねえか」

「布引様」

　千吉は左内に向かって襟を正すようにし、

「そ、そういうことでしたらおれの方に異存は。小夜さえそれでいいと言うんなら文句は言いやせん。それじゃあっしら二人で、謎《なぞ》の女を探しゃいいんですね」

「やってくれっか」

「へい、こうなったらとことんやります。女の特徴を言って下せえ」

「二十の半ばぐれえで背がすらっとしていてな、細面のなかなかの別嬪らしい。と言ってもよ、そんな女はごまんと居るわなあ」

「その女のことで、ここのお雀さんに直《じか》に話を聞きたいんですけど」

小夜が言うと、左内は請合《うけあ》って、

「いいよ、会わせるぜ。おめえたちのことは信用することにした。居場所を教えっから会ってやってくれ」

八丁堀坂本町の煎餅屋金星屋の名を告げた。

するとと千吉は迷いを断ち切るように、

「えっと、あのう、話が逸《そ》れるんですけど、布引様はあっしが誰に雇われてるか、ご存知《ぞんじ》なんですかい」

「ああ、みんな知ってるぜ。親玉は火盗改めの上月景虎だろ」

「へえ、そうなんですが……小夜と知り合ってから、上月様とはもう離れてるんです。

と言うより、あの人の元には二度と戻らねえと決めたんでさ」

「それでいい、奴はよくねえ野郎だからな」

「上月様のことがわかっていいながら、何もしねえんですかい。町方だから火盗改めにゃ手が出せねえと」

「うっかり手は出せねえ。今は外堀を埋めてるとこでな、動かぬ証拠をつかんだら懲《こ》らしめてやろうと思ってるぜ」

真顔になって言った後、

「あっ、やべえやべえ、昼間っから酒飲んじまったからそこいらで醒《さ》まさなくちゃいけねえや」

七

酔い醒ましに竪川を渡り、本所松井町《まついちょう》の河岸沿いに歩いていると、一艘《いっそう》の舟が流れて来て、船頭が一文字笠《いちもんじがさ》を上げて左内の方を見上げた。

左内が見やると、それは大鴉の弥蔵であった。

「よっ、暇そうだな、旦那」

「んなことあるわきゃねえだろ、酔い醒ましにぶらついてるだけよ」

「どっちへ行くんだ」

「もう八丁堀にけえるのさ、今日は」

「じゃ乗ってきな、船賃は取らねえからよ」

「ふざけるな」

弥蔵が舟を着岸させ、左内は身軽に乗り込んだ。

「この舟はどうした」

「そこいらに停《と》めてあったんだ」

「かっぱらったのか。こんなぼろ舟売ったって幾らにもならねえぞ」

「じゃかあしい、おれぁそこまで落ちぶれちゃいねえや」

のどかな昼下りで、対岸で遊ぶ女子供の姿が見える。

左内はその光景を眺めながら、

「やってくれてんのか、おれの頼んだこと」

弥蔵は「ああ」と言って舟を停め、煙草《たばこ》入れから煙管《きせる》を引き抜き、それに葉を詰めて胴火《どうび》で火をつけ、

「この江戸ってな、底が深えな」

紫煙《しえん》を燻《くゆ》らせながら言った。

「なんのこった」

「ひと山幾らの安もんの悪党どもがひしめいてると思うと、その上に立って涼しい顔をしてる悪党もいるってことよ」

「もう少しわかり易《やす》く言ってくんな」

「旦那の好きな裏渡世の話よ」

「おう」

「江戸にゃ諸国から金銀財宝がわんさか集められてくる。それを取り仕切ってる奴らがいるってこった」

「そりゃわかっちゃいるがよ、なかなか上まで辿り着けねえようになってるんじゃねえのか。そういう奴らがむざむざ尻尾《しっぽ》をつかませるとは思えねえぜ」

「穴蔵を突き進んでいたら、光が見えてきたのさ」

左内がきらっとなり、

「その光、つかんだってか」

弥蔵が横目を使いながらうなずく。

「よしよし、それでいいぜ。使える男だよなあ、おめえって奴は。聞かしてくれよ」

左内が持ち上げ、弥蔵はそれを鼻で嗤《わら》いながら、

「梵天様って名めえ、聞いたこたねえか」

左内は考えめぐらせる。

「梵天様？　いや、初耳だ。なんでえ、そいつぁ」

「金銀財宝の総元締《そうもとじめ》よ」

「本当かよ、そんなのがいるってか。なるほど、おめえが言うように江戸は底が深えな」

弥蔵に真顔を据えて、

「例の密書、まさかそこへ行くってんじゃあるめえな」

「そのまさかよ」

「なんと」

「競《せ》りにかけられんのかも知れねえぜ。江戸にゃ物好きの金持ちが大勢いるからよ、大石内蔵助直筆の密書となったら天井知らずの値がつくってこともあるだろ。梵天様ってな、その総元締の闇《やみ》の名めえなんだ」

「そいつが何者か、わかってねえんだな」

「ああ、見当もつかねえ」

「どうやったらそいつに会える」

「簡単に会えねえようになっちゃいるんだ」

「だから、その手蔓《てづる》をなんとか」

左内が拝む。

「苦心したんだぜ」

「いいから、早く教えろ」

「梵天様と直接つながってるかどうかはわからねえが、深川の貸元《かしもと》で彦右衛門《ひこえもん》てのがいてな、どうもそいつがつなぎ役になってるんじゃねえかと、もっぱらの噂《うわさ》なんだ」

「おう、おう、そのもっぱらの噂ってのがおれぁ好きなんだ。弥蔵さんてな、ほんに役に立つ男だよなあ」

「足向けて寝るんじゃねえぞ」

弥蔵に言われ、左内はやり返す。

「ははは、足は向けねえがしょんべんひっかけてやらあ」

「口の減らねえとんちきめ」

「うへへ、仰《おお》せの通り」

何を言われても、今日の左内は上機嫌だ。

八

観客の喝采《かっさい》を背に浴びながら、小雪太夫が舞台から戻って来ると、楽屋で座元の竹本焉太夫が待っていた。今日の焉太夫は出番がないから、羽織姿だ。

「お疲れさまだね、太夫」

「へえ」

小雪は焉太夫の前に座し、叩頭する。

「おまえに早く知らせておかなきゃあと思ってね」

焉太夫は表情を綻ばせ、浮き立っている。

「はい、なんぞ」

「またお大名家からお声が掛かったんだ」

「今度はどこですか」

「秋田《あきた》藩佐竹《はんさたけ》様だよ。そこのご用人《ようにん》様から直々《じきじき》のお声掛かりで、殿様にどうしてもおまえの義太夫を聞かせたいのだと。秋田藩は外様《とざま》とはいえ、二十万石の大々名だからね、粗相《そそう》があっちゃならないよ」

「お屋敷へ出張《でば》ってくんですね」

「半月後に佐久間町《さくまちょう》の中屋敷へ来てくれと言われている。わたしも同行するよ」

「よろしくお願いします」

「おまえが栄えるということは、それがそのままわたしにも跳ねっ返ってくるんだから、こんな喜ばしいことはないよ」

「あたくしも嬉しゅうござんす」

「近頃のおまえの芸は益々《ますます》磨きがかかって、袖で聞いていてもうっとりするくらいさ。これからも精進しておくれ」

「はい、今後ともご指導を」

　焉太夫はすぐには席を立たず、小雪のことを述懐《じゅつかい》する。

「今後をよろしく頼むのはわたしの方だよ、小雪。本当のところを言うと、渡り者の義太夫語りなんぞは相手にしないんだけど、おまえは別さね。去年の初めにわたしの前にひょっこり現れて、雇って下さいと頭を下げてきた時はなんて言って断ろうかと困り果てたけど、その場でおまえに語らせたら筋がいいから驚いたのなんの。こいつはすぐに使い物になると、そう思ったわたしの判断は間違っちゃいなかった。それからたった一年の間にみるみる腕を上げて、今じゃ竹本座の小雪太夫といったら知らない人はいないくらいだものねえ」

「恐縮でござんす、お師匠さん」

（そうか、もう一年経《た》つのか……）

隠《かく》れ蓑《みの》としてこんな恰好《かっこう》な場所はないと、小雪は思っていた。元々旅芸人の子だったから、義太夫を覚えるのは苦ではなかった。確かに筋はいいと、自負もある。しかしそれは小雪の本業ではないのである。

焉太夫が出て行き、入れ違いに舞台番の銀次が入って来た。

「へえ、へえ、太夫、なかなかのご発展のようで。結構でござんすね」

小雪は舞台化粧を落としながら、鏡越しに銀次を見やって、伝法《でんぽう》な口調に一変するや、

「よっ、あんまりあたしの楽屋にうろちょろ出入りしない方がいいよ。ほかの連中があたしとあんたの仲を怪しんでるようだからね」

「その通りだから、仕方ありますめえ」

しれっとして銀次は答える。

「ここに居る間は人気芸人の小雪太夫ってことで通したいのさ。おまえみたいなうす汚いやくざ者とねんごろだなんて、ばれたら困るんだ。客のなかにはあたしをまだ生娘と思ってる人がいるくらいだからね」

銀次は悪相を歪めて笑い、

「そのうす汚ねえ破落戸《ごろつき》に抱かれて、ゆんべもおめえさんはひと泣きしたんじゃござんせんか。どこが生娘なんでがすね」

「しっ、聞こえるだろ」

銀次は淫靡《いんび》に忍び笑いをした後、すっと油断のならない顔になり、

「梵天様とつなぎをつけやしたぜ」

小雪も表情を引き締め、

「なんと言ってるね」

「大石内蔵助直筆のもんなら、誰でもよだれを流すそうで。もし偽《にせ》もんだったら只じゃ済まねえと」

「偽ものなもんか。こっちで調べに調べを重ねて、苦労して手に入れたんだ。どこへだって出せる代物だよ」

「わかっておりやす」

「で、幾らんなるって言ってた」

「そういう金の話はしちゃおりやせん。競りの場所でわかるこってすから。露骨過ぎやすぜ、金高を口にしたら」

「はん、梵天様ってな、相変わらずお上品ぶっていやらしいんだねえ」

「そりゃもう、お上品な方ですんで。ゆんべの太夫とは大違いでさ」

ぱしゃっ。

銀次の顔に冷めた茶が浴びせられた。

九

小夜本人から人を殺したのだと聞かされるや、お雀は改めて衝撃を受けて落ち込んだ。

どうしてそんなことになったのかと詮索するお雀に、小夜は板橋宿での顚末《てんまつ》を語った。

小夜と千吉が金星屋へ来て呼び出され、左内の根廻しで密書を奪った女を、三人で力を合わせて探すことになったのまではいいが、お雀がそれまでの経緯を聞いたところで、小夜は覚悟の顔になり、人殺しの件を告白したのだ。

新場橋《しんばばし》の河岸に共にしゃがみ込み、お雀と小夜は話し込んでいる。千吉は二人を置いて席を外していた。

「不運だったのね、小夜さん」

小夜はやるせない顔になって苦笑する。

「運不運じゃないの、あたしは生まれつきの人でなしなのよ」

「自分のこと、そんな風に言わないで。千吉さんと夫婦になる夢は捨ててないんでしょ」

小夜は希《のぞ》みのない目でうなずき、

「ええ、初めての人だから……それで布引様の情けに縋《すが》ろうとしているのね。密書を奪った女を捕まえれば、きっと明るい道が開けるような気がする」

「布引の旦那ならきっと約束を守ってくれるわ」

「つき合い、長いのね」

「さっきも言ったように、死んだお父っつぁんの代からなんで」

「不思議な人ね、布引様って。あたし、初めて会ったのになぜかそんな感じがしなかったわ」

「少し乱暴で、気楽なように見せてるけど、本当は違うのよ。人への目配りや気配りが行き届いていて、あんなに細《こま》やかな人はいないと思う」

「布引様に会ったってことは、あたしは不運じゃなかったのよ」

「そうね、そうかも知れない」

娘二人の間に少しだけ笑みがこぼれた。

小夜が話題を変えて、

「で、密書を奪った女なんだけど……」

「手掛かりが何もないから足を棒にするしかないわ。苛立《いらだ》ってもしょうがないけど、でもあたしのこの足ではねえ」

お雀が杖の先で地面を腹立たしげに叩く。

「気の毒だわ。あんたを突き落とした無法者が憎い」

「有難う。それじゃまず本所へ戻って、あそこいらから始めましょうか」

「わかるの？　本人を見たら」

「きっとわかるわ。鳥追笠で顔は見えなかったけど、たぶんあれは上の部類に入る器量の女よ。それに見ず知らずのあたしにいきなり乱暴が働けるなんて、尋常じゃないでしょ。いつも殺気を持って生きてる女よ」

二人が立ち上がって歩きだすところへ、千吉が三人分の蒸《ふ》かし芋《いも》の紙包みを持って駆けて来た。どこかで調達したのだ。

「ほほっ、二人揃ってるといずれが菖蒲《あやめ》か杜若《かきつばた》だな」

千吉は軽口を飛ばしておき、

「食いながら行こうぜ」

二人に芋を差し出した。

「嫌だわ、歩きながらなんてはしたないじゃない」

そう言いながらも、小夜は包み一つを取って頬張《ほおば》る。

「おいしい」

お雀も貰って食べ、

「本当、おいしい。千吉さん、有難う」

「いいってことよ。お雀さんは素直な気性なんだな」

「うふっ、そうかしら」

「千吉さん、お雀さんのこと考えてゆっくり歩くのよ」

「わかってらあ、なんだったらおんぶしてもいいんだぜ」

「それは頼めないわ、小夜さんが居るのに」

「あ、そっか、小夜が邪魔だな」

「こら、千吉」

「うへへ」

初対面とは思えずに、三人は和気《わき》藹々《あいあい》と行く。

十

組屋敷を入った所で、田鶴が門前を竹箒《たけぼうき》で掃き清めていたので、左内は折り目正しく一礼した。

「只今戻りました」

「お帰りなされませ。今日はお早いのですわね」

「そうでもありません、もう日の暮れが始まっておりますから」

空は茜《あかね》に染まっている。

左内が玄関へ向かって歩きながら、

「坊太郎はどうしていますか」

「今手習いのお稽古《けいこ》をしておりますのよ」

「それは感心ですな」

行きかける左内の背に、田鶴が言う。

「あの、先ほどご浪人が訪ねて参りました」

「浪人？　名乗りましたか」

左内が田鶴に振り向いて尋ねた。

「はい、大野八兵衛様と」

左内はちょっと考え、

「左様ですか。用件はなんと?」

「特段急ぎではないのですが、近くまで来たので寄ってみたと申されて」

「はあ……」

「どのような御方《おかた》なのですか」

「そうですなあ、なんと申しましょうか。元禄《げんろく》の御世《みよ》から来たような」

「はっ?」

「あ、いやいや、戯《ざ》れ言《ごと》です。ちとゆかりがありましてな、巨勢殿の引きで知り合った人なのです」

「どんな事情があるのですか」

「家宝が盗まれまして、その詮議を巨勢殿より仰せつかったのです」

「家宝とは?」

「知りたいですか」

「勿体《もったい》ぶらないで下さいまし」

「大野と申す名を聞いて、どこかぴんときませんかな」

「えっ、大野……わたくしにはとんと」

「赤穂四十七士の討入りから逃げ出した卑怯未練《ひきょうみれん》な大野九郎兵衛殿ですよ」

「まっ、そんな……ではあの御方はその大野家の末裔《まつえい》なのですか」

「たとえ末裔であっても、何百年経《た》っていようとも、大野家の人間は末代までも恥を忍んで生きてゆかねばなりません。わたしはその八兵衛殿に同情が禁じ得ず、家宝探しに力を注いでおるのです」

左内にしては珍しく、田鶴に探索の内容を明かした。

田鶴は暫《しば》し絶句し、押し黙っている。

坊太郎が邸内から式台《しきだい》の前に姿を現し、

「父上、お帰りなされませ」

「うむ、只今」

「手習いを見て頂きたいのですが、よいですか」

「おお、いいとも」

左内は坊太郎と手をつなぎながら奥へ向かい、

「田鶴殿、飯を食ったら出掛けて参ります」

大野八兵衛に急《せ》かされたような気がしてきて、落ち着いていられなくなった。

すると田鶴が左内を呼び止めて、

「旦那様、お待ちを」

「はっ」

振り返る左内に、田鶴が言った。

「わたくしも旦那様とおなじ心情にございます。大野八兵衛殿はお気の毒な御方《おかた》だと思いますする」

それには何も言わず、左内は微笑した。

十一

深川の貸元彦右衛門の家は湯屋のように大きく、仙台堀《せんだいぼり》に面して聳《そび》え立っていた。

夜っぴて人の出入りも少なくなり、左内がやって来ると、家の入口周辺に屯《たむろ》していた数人の子分たちが、役人の姿に一斉に気色ばんだ。

「貸元はいるかい」

左内に問われ、年嵩《としかさ》の代貸《だいがし》が応じる。

「どちらさんで?」

「見りゃわかるだろ、北町のもんだ。貸元に会いに来た」

「どんなご用件ですかい」

「んなことおめえ如《ごと》きに言う必要あるかよ。居るんだな、貸元は」

「へ、へい、ですが今日は誰にも会いたくねえと」

「何かあったのか」

「実はなかでとむれえを」

「とむれえ？　誰が死んだ」

左内の問いに、代貸は耳許《みみもと》に口を寄せて何やら囁いた。

奥の間では痩《や》せて萎《しな》びた初老の貸元彦右衛門が一人悄然《しょうぜん》として、座布団の上に横たえた猫の死骸に線香を手向《たむ》けていた。酒をぐびぐびと飲み、感傷に浸っている。

「つれえなあ、おめえと別れるな……この先おれぁどうやって生きてったらいいんだよ」

情けない声でつぶやいた。

左内が静かに入室して来て、彦右衛門の背後に座して手を合わせ、

「心中察するぜ、生き物との別れはつれえよなあ」

彦右衛門はぎろりと振り向いて、

「どこの役人でえ、おめえさん」

「北町の布引左内だ。おめえに折入って聞きてえことがあってな」

「聞きてえこと？　事としでえによるぜ」

「梵天様って知ってっか」

彦右衛門は背を向け、黙り込む。

「どうやったら会えるんだ」

「けえってくれねえか」

「北町のおれに門前払いってか」

「何も知らねえ、話すこたねえ」

彦右衛門は立て続けに酒を飲む。

左内が横から手を伸ばし、酒をぶん取って飲み干す。そうして彦右衛門へにやっと笑って見せた。

「さすが人の生き血を吸って生きてる深川の貸元じゃねえか。いい酒飲んでるな、おい」

彦右衛門はかっと睨んで、

「いい度胸してるぜ、おめえさん。ここまで乗り込んで来た役人で、そのまま八丁堀にけえれなくなった奴も居るんだぞ」

「どこに行った、そいつぁ」

「仙台堀に沈んじまったよ」

「おめえがやったのか」

「ここで酒かっくらって足を踏み外した。自業自得ってえやつだ」

「脅してるつもりか」

「そう聞こえるんなら、尻尾を巻いてけえるんだな」

「どっこいそうはいくかよ」

左内がいきなり彦右衛門の片腕を取り、引き寄せてねじ曲げた。

「あっ、痛え」

「梵天様に会うにゃどうしたらいい。どこに行きゃご尊顔を拝せるんだ。それを教えてくれ」

「お、おめえさんは、梵天様が何をなすっているのか知った上でここへ来たのか」

「江戸の闇市場で金銀財宝の競りをやってる親玉だろ。だからそこに用があるって言ってるんだ」

「乗り込んで、何をどうしてえ。梵天様をふん捕めえようなんてでえそれたこと考えてるんならやめた方がいいぜ。そんなことしたら次の日にゃ背中を槍《やり》で刺されてお陀《だ》仏《ぶつ》よ」

「上等じゃねえか。おれぁ本気で言ってるんだぞ」

左内が彦右衛門の腕を無情にもごきりと骨折した。絶叫を上げて転げ廻る。

「おい、猫の亡霊がそこまで来てるぞ。一緒にあの世へ行くか。本望だろう」

「くそっ、くそっ」

血反吐《ちへど》を吐かんばかりにして、彦右衛門は畳の上を這《は》い廻った。

左内は涼しい顔で酒を飲みつづけ、

「そろそろ子分どもが血相変えて来る頃だろうな」

案の定、騒然とした足音が聞こえ、四方の唐紙《からかみ》が一斉に開けられた。抜き身の長脇差《ながどす》を手にした子分衆がどやどやと入って来て、それらが殺気立って左内を取り囲んだ。

「親分、このくそ役人、どうしやすか」

最前の代貸が吼え立てた。

彦右衛門が無言で目で指図すると、代貸と子分どもが怒濤《どとう》の如く長脇差を閃《ひらめ》かせて襲撃して来た。

左内はすばやく立ち上がるや、目にも止まらぬ早業で抜刀し、子分どものなかへ斬り込んで行った。刀の峰で脳天や肩先を打撃された子分どもの呻き声が上がる。鼻血が飛び散り、腹を打たれて吐瀉《としゃ》する者もいる。わずかな時の間に、何人もの子分が畳に這った。代貸以下他の者はそれで戦意が喪失《そうしつ》したのか、攻撃をやめて茫然と左内を見守っている。

座敷の隅に避難している彦右衛門に、左内は寄って行って白刃を突きつけた。

「おめえがここで突き殺されても奉行所じゃろくな詮議はしねえぞ。深川の彦右衛門が死んだ、あそうかいでおしめえよ。誰も悲しみゃしねえんだ」

「もう、もうよせ、それぐれえにしとけ」

「じゃ、話して貰おうじゃねえか」

彦右衛門は子分どもに目顔で去るようにうながし、彼らが出て行くと、左内と二人だけになって、

「梵天様ってな直にゃ誰とも会わねえ。つなぎをつけてる奴がいるんだ」

「誰でえ、そいつぁ」

「……」

「言えよ、この野郎」

「し、知るもんか」

彦右衛門が片方の腕で左内を突き飛ばし、必死で戸口へ逃げた。左内がすかさず追

い、彦右衛門を蹴倒して背中に馬乗りになった。

「馬鹿は死ななきゃ治らねえってか」

首筋に脇差《わきざし》を抜いて押し当てた。

「ここだけの話をするぜ。おれぁ今まで人目を避けて随分と悪党どもを斬り殺してきた。みんな闇討よ。そうやって死なせていると、人が変わってくるんだ。違う自分がいるような気がしてきてな、そんなことをするなよともう一人が言うと、別人のおれが言うんだ、なぁに、わかりゃしねえ。悪党が死んだって誰も告げ口なんかしやしねえとな。おい、彦右衛門、おめえがくたばって誰が悲しむ」

「おめえさんはどうかしている。そんな役人が罷《まか》り通ってなるものか。図に乗るんじゃねえ」

「よし、もう喋《しゃべ》るな。黙ってあの世へ行け」

白刃が肌に食い込んだ。

「あっ、ああっ、わかったわかった、白状する、殺さねえでくれ」

叫ぶ彦右衛門を突っ転がし、左内が囁く。

「とっとと言わねえか、この野郎」

本当に殺しそうな勢いで左内が言うと、彦右衛門は遂に秘密を告白したのである。

第五章　梵天様《ぼんてんさま》

一

両国広小路は、目を見張らんばかりの賑《にぎ》わいであった。

小芝居、浄瑠璃《じょうるり》、見世物《みせもの》の各小屋が建ち並び、露店の食い物屋も多く、男女客がひしめいている。

その雑踏のなかでぽつんと一人、杖《つえ》を手にしたお雀が途方に暮れたように立ち尽くしていた。

お雀の周りを、夥《おびただ》しい往来の人波が流れている。

小夜、千吉と共に本所界隈《かいわい》を調べ廻《まわ》り、両国へ足を延ばしてみようと、両国橋を渡った辺りで彼らとはぐれてしまった。どこを探しても二人の姿は見当たらない。

しかしこれはあくまではぐれたのであり、二人に逃げられたとはお雀は考えたくなかった。

人殺しの犯科人《はんかにん》なのに、小夜はまっすぐで嘘《うそ》のない娘であって、もはやお雀と小夜の間はつうと言えばかあの、阿吽《あうん》の呼吸で結ばれていた。年齢にも大きな隔《へだ》たりはなかった。

もし小夜が翻意《ほんい》したとするなら、それならそれではっきり「逃げる」と告げるはずで、お雀は小夜を信じていた。

歩きだすとお雀は揉《も》みくちゃにされ、小柄なせいもあって、人波の間で埋没しそうになった。

その時、お雀が思わず「あっ」と小さな声を漏らした。数丁先に鳥追笠《とりおいがさ》を被《かぶ》った女を見かけたのだ。それがこっちに背を向けて歩き去って行く。鳥追が居てもおかしくない場所だが、お雀はとっさに反応した。その背恰好《せかっこう》や醸《かも》し出す雰囲気が、忘れもしないあの女にそっくりだったからだ。

「すみません、ちょっと御免《ごめん》なさい」

人を掻《か》き分け、焦って鳥追を追った。

女はやくざっぽい男を手下のようにしたがえ、お雀が来た両国橋の方へ向かって行く。小雪と銀次なのだが、お雀は知る由《よし》もない。

何人かに舌打ちや嫌な顔をされるも、それでもお雀は必死で女を追った。そのうち柄の悪い男に押され、前のめりに転んだ。杖が手から離れ、慌てて拾う。体勢を整えて急いで追うと、鳥追と男は見えなくなっていた。

「ああっ、もう」

地団駄《じだんだ》踏んで悔しがった。

その前にお雀を見つけた小夜が、人混みから駆けつけて来た。後ろに千吉も居る。

やはり逃げたのではないことがわかって、お雀はひそかに胸を撫《な》で下ろした。

「どうしたの、お雀さん」

「居たの」

「えっ」

「あの女が居たのよ」

鳥追が現れた経緯《いきさつ》を語ると、千吉が表情を険《けわ》しくし、「ここで待っていてくれ」と言い残し、両国橋の方へ駆け去った。

「お雀さん、御免ね、はぐれちまって」

小夜がぺこりと頭を下げる。

「いいのよ、そんなことは。それより小夜さん」

鳥追が出て来た小屋を確かめに行こうとお雀が言いだし、小夜は勢いづいてしたがった。

竹本座の前へ来て、二人して絵看板を見上げた。肩衣半袴《かたぎぬはんばかま》の姿の小雪太夫が艶《あで》やかに描かれてあった。

「これだわ、この人よ」

「人気の義太夫《ぎだゆう》語りみたいね」

そこへ千吉が戻って来て、鳥追はどこにも居なかった、両国橋ではなく柳原土手《やなぎわらどて》の方へ行ったのかも知れないと言った。千吉は二人から、絵看板の太夫の説明を聞く。

「調べてみよう、小雪太夫のこと」

お雀が言い、小夜と千吉は一も二もなくうなずいた。

その時、異変が生じた。

「ううっ」

小夜が不意に呻《うめ》き声を上げ、苦しそうな顔になって蹲《うずくま》ったのである。

「どうしたの、小夜さん」

お雀は思わずしゃがんで小夜の肩を抱き、千吉もおろおろとして縋《すが》りついた。

「なんだよ、小夜、気分でも悪いのか」

「む、胸が……」

それだけ言うのがやっとで、小夜は死人のような青い顔で意識を失ってしまったのである。

二

深川の貸元彦右衛門が白状したところによると、梵天様の正体はわからぬものの、金銀財宝を売買する場所は知れた。

それは下谷金杉村《かなすぎむら》、もしくは中根《なかね》岸《ぎし》に位置する安楽寺《あんらくじ》なる寺であった。

布引左内がひそかに調べると、正式名は仏迎山《ぶつこうざん》安楽寺と言い、浄土宗《じょうどしゅう》、京都東山《ひがしやま》一心院《いっしんいん》の末寺ということになっている。

寺地は広大で、境内《けいだい》に名高い見返り地蔵があり、巴御前《ともえごぜん》の守本尊《まもりほんぞん》であるという。住職の名を覚全《かくぜん》といい、長いこと病いに臥《ふ》す身であるらしい。

そこを梵天様が思うように使っているとしたら、寺に弱みでもあるのか、あるいは覚全の方から頼んだのか、いずれにしても金が絡《から》んでいるのではないか。

古刹《こさつ》といえども、困窮《こんきゅう》すれば背に腹は替えられず、余人に身売りをする可能性はある。

左内が吟味《ぎんみ》方《かたよ》与力《りき》巨勢掃部介に、安楽寺の探索を願い出て、暫《しば》し待てと言われてから二日後に呼び出しがかかった。

与力詰所で待っていると、巨勢が重々しくも不機嫌な表情で現れ、左内の前に座した。

そうして開口一番、こう言ったのである。

「安楽寺の探索、罷《まか》りならぬぞ」

予期していたものの、そこで左内は一歩も引かぬつもりで抗弁した。

「ご支配違いだからでございまするか、巨勢殿」

「最大の理由はむろんそこに尽きるが、それだけではない」

「お聞かせ下され」

「安楽寺はお寺社奉行殿の覚え格別によろしく、町方の手が入ることなどもってのほかなのじゃ。わかってくれぬか」

「しかし巨勢殿、例の密書がそこで売買されるやも知れんのですぞ。大野八兵衛殿にどのような申し開きが立ちますか」

「ともかくわしの一存で、寺社支配への立ち入りは許可出来ぬ」

巨勢も頑固《がんこ》だ。

束《つか》の間《ま》、視線がぶつかった。

「では……」

そこで左内は言葉を途切らせた。

「では、なんとする、左内」

「巨勢殿が知らぬところで事が行われるのであれば、致し方ございませんな」

含みを持って左内が言った。

「わしの頭に風呂敷《ふろしき》でもおっ被せ、見猿《みざる》聞か猿《ざる》でいろとでも申すか」

「はっ、出来れば」

「うぬっ」

「なりませぬか」

「……」

「巨勢殿、ここは大野殿のため、是非《ぜひ》とも」

「無理を通して道理を引っ込めろと申すか」

「密書を無事に大野殿の手に戻したいのでござる。またそれだけではございませぬぞ。町方として、梵天などと称するいかがわしい闇《やみ》の人物が罷り通っていてはならんのです。そうは思いませぬか」

「くうっ」

巨勢が歯嚙《はが》みする。

「決して巨勢殿にご迷惑をおかけするつもりは」

「誠であるな」

「何も知らぬ存ぜぬでいて下さりませ」

「……」

「巨勢殿、如何《いか》に」

左内が詰め寄った。

巨勢は烈《はげ》しく逡巡《しゅんじゅん》していたが、やがて口惜《くや》しそうに唇をひん曲げ、

「わしは今日はお主に会うておらん。ゆえになんの話もしておらぬ。後のことは知らん。そういうことにしておこう」

「ははっ、ご厚情痛み入りまする」

慇懃《いんぎん》に一礼し、左内が出て行った。

気掛かりな思いは消えぬものの、巨勢がどこかで一抹安堵《いちまつあんど》していると、「御免」と声あって襖《ふすま》が恐る恐る開けられ、定廻《じょうまわ》り同心の田鎖猪之助、弓削金吾が顔を覗《のぞ》かせた。

「何用であるか」

巨勢が厳しい声で問うと、田鎖は卑屈《ひくつ》な笑みを浮かべながら、

「只今《ただいま》ここに布引殿が来ておりましたな」

「それがどうした」

「なんのお話があって参られましたか」

巨勢が返答に詰まっていると、弓削も表情をひりつかせながら介入して、

「ちと気掛かりなものですので、お叱《しか》りは承知で余計な詮索《せんさく》をしに参りました」

巨勢は一笑に付して突き放す。

「なんの、取るに足らぬことじゃ。お主らが案ずるようなことではないぞ。それより大鴉の詮議《せんぎ》はどうなっている」

大鴉の弥蔵の詮議は頓挫《とんざ》していて、それを言われると面目次第《めんもくしだい》もないから、二人はわけのわからぬ言い繕《つくろ》いをしつつ、平身低頭で消え去った。

「ふん、取るに足らぬ奴《やつ》らめ」

巨勢が独りごちた。

三

下谷金杉村安楽寺の奥の院で、小雪は一人畏《かしこ》まっていた。

辺りはすでに夕闇に包まれている。

小雪の前に御簾《みす》が垂れていて、宗十郎頭巾《そうじゅうろうずきん》ですっぽり面体《めんてい》を隠した人物が座してい

た。

それこそが梵天様で、墨染《すみぞ》めの衣《ころも》を着て、なんともおどろおどろしい。しかも梵天様は一切口を利かず、介添人《かいぞえにん》を置き、おのれと小雪との間の取り次ぎをさせているのだ。

介添人は町人体の黒小袖《くろこそで》姿の中年男だが、これは面体を隠してはいない。だが色黒の鷹《たか》のような目つきの尖《とが》った男で、げに怖ろしいものがある。その名を九州三《くすぞう》という。

梵天様は小雪から渡された密書に暫し読み入っていたが、九州三に指先でさっと合図を送った。九州三が近寄って、梵天様から二言三言話を聞き、御簾の向こうから小雪の所へやって来た。

「梵天様は真贋《しんがん》のほどはわかったと申されている。本物に間違いないとの仰《おお》せだ。おまえさんはあれを幾らで手放すつもりかね」

小雪が小声で答える。

「そちら様の胸算用《むなざんよう》を先に聞かせてくれませんか」

「梵天様は百両ならいいと」

小雪が眦《まなじり》を吊《つ》り上げる。

「それじゃ話になりませんね」

九州三は気色ばむ。

「百両では安いと？」

「書状は大石内蔵助様の直筆なんです。ほかへ持って行ったらもっと高値がつくはずですよ」

「あんたは幾ら欲しいんだ」

「五百両です」

「なんだって」

九州三が驚きで形相《ぎょうそう》を一変させた。

「一歩も譲れませんから」

小雪が強い意思の目で言うと、九州三は御簾のなかへ戻って行き、ひそひそと梵天様と密談を始めた。やがて小雪の前へ戻って来ると、梵天様から受け取った密書を差し返し、

「すまないが商談は不成立だ。ほかとやらへ行くがいい」

そう言うのと同時に、梵天様は席を立ち、奥の襖を開けて出て行った。

小雪は密書を帯の間に差し込み、立ち上がるも、そこでふっと疑念を持った。改めて密書を開く。中身は白紙だった。

「謀《はか》ったね」

九州三が匕首《あいくち》を抜いて立ちふさがった。

「黙って消えろ」

小雪がすばやく動き、匕首で九州三の片目を突いた。「ぐわっ」と絶叫を上げる九州三を突きのけ、小雪は猛然と御簾をはねのけて奥へ走った。九州三は片目から噴出する血を押さえて転げ廻っている。

小雪が襖を開けて飛び出すと、長い廊下になっていて、人けはまったくなく、そこを血走った目で見廻しながら行く。一室に気配があり、障子《しょうじ》を開け放った。意識朦朧《もうろう》としたような老僧覚全が夜具に病臥《びょうが》していた。小雪は覚全をじっと見る。本物の病人のようだ。さらに突き進む小雪の前に、黒小袖を着た五人の男がどやどやと庫裡《くり》から現れた。それが手に手に抜き身の長脇差《ながどす》を握りしめ、小雪を狙《ねら》って殺到して来た。

小雪は匕首で応戦し、身をひるがえす。閉め切られた雨戸を蹴倒《けたお》し、庭先へ飛ぶ。五人が一斉に追った。小雪の姿は庭木の奥深くに消え、五人が辿《たど》り着いた時にはどこにも姿はなかった。男たちが切歯《せっし》して探し廻る。

小雪は木の枝の上で身を伏せていた。五人が立ち去るのを見届け、小雪は落下して一方へ走った。裏門から駆け出ると、土塀の陰に隠れていた銀次が駆け寄って来た。

「梵天様に裏切られたんでがすね、姐《あね》さん」

邸内の騒ぎに耳を澄ませていたようだ。

「梵天の野郎に密書を取られちまったよ。間抜けもいいとこさ。畜生《ちくしょう》、汚い真似《まね》しやがって」

小雪が口汚く罵《ののし》った。

「あっ、誰《だれ》か来やすぜ」

小雪が銀次と共に物陰に身を隠した。

片目に晒《さら》し布を巻いた九州三を先頭にし、五人が殺気をみなぎらせて戻って来て、血眼《ちまなこ》で小雪を探しながら通り過ぎて行った。

「どうしやすね、これじゃ小雪姐《ねえ》さんも形無しじゃござんせんか」

「只で済むと思ったら大間違いさ、くそっ、こうなったら仕切り直しをするよ」

「手下ども、呼び集めやすかい」

「ああ、そうしとくれ」

闇の争いが始まったのだ。

四

両国広小路で倒れた小夜を、取り急ぎ近くの医家まで運び込み、お雀と千吉は治療されている間、不安を募らせ、生きた心地がしなかった。

やがて老医師が待合室へ現れ、二人に沈痛な面持《おもも》ちで告げた。

「あの人は重い労咳《ろうがい》（結核《けっかく》）だね」

お雀と千吉に衝撃が走った。問い返す言葉も見つからなかった。しかも医師は、この先もうそんなに長くは生きられないとも言ったのだ。

二人に宿はないから、小夜を町駕籠《まちかご》に乗せて両国から本所一つ目まで走らせ、お雀の長屋へ運んで来た。

それが昨日のことで、今日になって小夜は少し生気を取り戻しはしたものの、すっかり力が萎《な》え、床から離れられない身になってしまった。

左内には昨日のうちに文を出し、小夜の倒れた経緯を知らせておいたが、まだやって来ない。急な知らせは自身番に伝えておけば、左内が知ることになるはずだった。

お雀は有りったけの銭をはたき、滋養《じよう》のつく食べ物をと朝から買い出しに行き、飯を炊《た》いて、鰻《うなぎ》やら玉子を調理して小夜に与えた。

食べるとすぐに小夜は眠りに落ち、お雀と千吉は家の表へ出てしゃがみ込み、深刻に話し込んだ。

「千吉さん、こんなことになったらもう密書どころじゃないわね」

お雀が言うと、千吉は沈み込んだ様子でうなだれ、

「密書なんてどうでもいいさ。治る見込みはねえのかな、お雀さん」

「なんとも言えないわ。医者の言うことを額面通りに受け止めることはないと思うけど、希《のぞ》みを捨てないでいるしかないわね」

「おめえさんのお蔭《かげ》でどれだけ助かったか、いくら感謝してもしきれねえぜ。有難う、お雀さん」

千吉は真摯《しんし》に頭を下げる。

「いいのよ、小夜さんがいい人だから。もちろんおまえさんもだけど」

「すまねえ、お雀さん、おれぁ稼がなくちゃいけねえんで、今から出掛けてくらあ」

「車力《しゃりき》の仕事、頑張ってるのね」

「親方にずっとつづけてくれと言われてるんだ。それを励みにしているのさ」

「よかった。あんた堅気が似合ってるわよ」

千吉は感謝の目でうなずき、行きかけて、

「お雀さん」

「なあに」

「おれぁ心底小夜のことを……なんつったらいいのか、よくわからねえが、あいつがどうにかなったらおれも生きちゃいらんねえ」

「あんたの気持ちはよくわかってるわ。悪い方にばかり考えるのはよそう」

千吉はまたうなずき、立ち去った。

井戸端でお雀が洗い物をしていると、ようやく左内が駆けつけて来た。

「旦那《だんな》、遅かったじゃない」

お雀がなじると、左内は片手で拝み、

「すまねえ、いろいろと行き違《ちげ》えがあって、おめえからの知らせを受け取るのに手間取っちまった」

そう言っておき、家の方を見やって、

「寝てるのか、小夜は」

「うん、よく寝てる。ちゃんとしたものは食べてるから安心して」

「小夜が重い病いになったってのも、機織屋《はたおりや》の仕事がいけなかったんだぜ。ろくなものを食わせねえでこき使うからいけねえんだ」

「あたしもそう思った。でも今さら言っても詮《せん》ないわ。それより旦那、密書を奪った女の正体がわかったのよ」

竹本座の小雪太夫がその張本人だと伝え、両国広小路でばったり出くわした経緯も語った。

「そうかい、けどなんだってそんな義太夫語りが盗《ぬす》っ人《と》の真似事《まねごと》をしやがるんだ。解《げ》せねえじゃねえか」

「きっと義太夫語りは偽《いつわ》りの姿なのよ。現に手下みたいな人相の悪いのを連れてたもの」

そこでお雀は一拍置き、

「旦那の方はどうなの」

「梵天が売買に使ってる寺がわかった。しかし支配違いで表から踏み込むことは出来ねえのさ」

「そんなこと、旦那の得意じゃないのさ。お支配違いなんてどうってことないでしょう」

左内が苦笑いをして、

「まっ、そう言うな。一応は吟味方与力殿の許しは得たんだ」

「どうやって?」

「そこはおめえ、二人の腹芸よ」

「旦那ってあれね、昼行燈《ひるあんどん》なんて言われてるけど結構上にうまいこと取り入ってるのね。なんだか安心したわ」

「なんでおめえが安心するんだ」

「あたしの暮らしに結びつくことだからよ」

「計算高《だけ》え娘だな」

「そういう言い方しないでよ」

お雀はぺろっと舌を出して、

「ねっ、あたしに出来ることは」

「おめえは小夜の面倒を見ていてくれ、頼まあ」

左内が油障子をそっと開け、家のなかを覗き見た。

小夜は夜具のなかで静かに寝ている。

「気の毒になあ、あの若さでよう。小夜は気性だって悪くねえんだ」

お雀も左内の後ろから覗いて、

「千吉さんも心を傷めているわ。あの二人、なんとかしてやりたいのよねえ」

「おれもおなじ思いよ」

左内はお雀に金包みを握らせて後を託し、家には入らずにそのまま立ち去った。

お雀が包みを開くと、二分もの金子《きんす》が入っていた。何もかも見通してくれた金なのだ。

こういうところの左内の気配りは、超一流だとお雀は思った。

五

両国広小路の人波は相変わらずだが、その日から竹本座は封鎖《ふうさ》され、小雪太夫の絵看板も下ろされていた。

こうした盛り場にある小屋の栄枯《えいこ》盛衰《せいすい》などは今に始まったことではないが、小雪太夫が人気を博《はく》していただけに、道行く人は不審がっているようだ。

一文字《いちもんじ》笠《がさ》で面体を隠した大鴉の弥蔵が雑踏のなかに立ち、竹本座の様子をじっと眺めていた。

そこへ左内がせかせかとした足取りでやって来た。

つるんでいることがわかると身の破滅なので、左内は封鎖された竹本座をちらっと見ただけで、弥蔵に目でものを言い、一方へ向かって歩きだした。そのずっと先には柳原土手があるのだ。他人同士を装い、二人は距離を取って進んで行くが、ひと言も話さない。

やがて広小路を抜けて、横山町《よこやまちょう》から馬喰町《ばくろちょう》を横切る辺りから人の往来はまばらなものになり、二人はさらに裏通りを歩いて行く。

そこいらでやや近づき、ようやく話し始めた。

「消えたみてえだぜ、小雪太夫は」

弥蔵が言うと、左内はあさっての方を見ながらうなずき、

「たぶん何かあったんだろうな。小雪の調べはついたのか」

「そこだ」

「何がわかった」

「その昔、浄瑠璃語りのうめえ女盗っ人が居たそうな」

「ほう」

「その名も赤雪《あかゆき》のお松《まつ》っていってな、お上の追及が厳しくなったんで上方《ぜいろく》へ逃げたという話よ。赤雪の意味は、雪に真っ赤な血を飛ばすところからきているらしいぜ」

「女の兇賊《きょうぞく》かい、ふてえ阿魔《あま》じゃねえか。けど妙だぜ。町方のおれっちの耳にゃ何も届いてねえんだ」

「火盗改《かとうあらた》めが血眼になって追っていたという話よ。手柄を抱え込みたかったんじゃねえのか」

「上月景虎か」

「そうかも知れねえ。だがその辺は定かじゃねえのさ。赤雪が上方に逃げたのが四、五年めえだってえから、ほとぼりを冷まして江戸に舞い戻って来たってことも考えられらあ。元々が浄瑠璃語りをやってたみてえだから、盗っ人稼業とは別に、舞台に立つことが忘れられなかったのかも知れねえな」

新シ橋を渡って外神田《そとかんだ》へ入った。

「おめえは赤雪のお松を知らねえのか」

「名めえも顔も、聞いたことも見たこともねえな」

「弥蔵親分も知らねえような同業が居るってか。それじゃ潜《もぐ》りの盗っ人じゃねえかよ」

「笑わせるな、おれぁそれほど幅を利かしてるわけじゃねえやな」

「大石内蔵助の密書は赤雪のお松が持ってるんだ。梵天のくそ野郎に渡りをつけたのかも知れねえな。それでひと悶着《もんちゃく》あって、もはや小雪太夫じゃいらんなくなった。おれぁそう読むぜ」

「ああ、その推測は間違っちゃいねえだろ」

いつしか下谷金杉村の安楽寺の前に来ていた。寺は静まり返っている。

二人で山門を見上げ、裏へ廻った。

左内が裏門に手を掛けると、造作もなく扉は開いた。

「おい、やめとけよ。町方が寺社にへえったらまずいんじゃねえのか」

「放《ほ》っとけ、おれの好きなようにやらして貰《もら》うぜ」

左内が寺の内部へ入って行き、なかから顔を覗かせて、

「びびってんのか、おめえ」

「冗談じゃねえ」

そうして二人して裏庭を抜けて表庭へ出ると、寺地内を調べ廻った。立木の手入れはあまりよくなく、所化《しょけ》（弟子僧）の姿もない。墓場のように森閑《しんかん》としている。

「妙な寺だな」

「ああ、尋常じゃねえぜ」

六

左内と弥蔵は庭から廻廊《かいろう》へ上がり、幾つかの庫裡を探って行く。草履《ぞうり》は脱いでふと

ころにしまってある。やはりどこも人けはない。

　すると、どこからか男の啜《すす》り泣きの声が聞こえてきた。

　二人は怪訝《けげん》に見交わし、声のした方へ向かった。

　ある庫裡の一室で、夜具のなかの覚全の顔に白布が被せられ、その枕頭《ちんとう》に侍《はべ》った四、五人の所化が泪《なみだ》していた。息を引き取って間もないようだ。

　弥蔵をそこに残し、左内がずいっと入って行った。

「おれぁ町方のもんだが、そこを通りがかってな、どうしたい、何かあったのか」

　所化たちは町方同心の姿におののき、小さくざわめくが、そのうちの初老の一人が進み出て答える。

「少し前に和尚《おしよう》様が息を引き取られたのでございます。こんな悲しいことはありません」

　戸の陰で弥蔵が身を屈《かが》めて聞いている。

「長患《ながわずら》いだったのか」

「はい、もう一年がとこ病臥しておられました。昔はもっと沢山《たくさん》所化も居たのですが、和尚様の病気で寺が寂《さび》れ、人も少なくなってしまいました」

「ちょいと聞くがよ、ここを誰か人に貸してたようなことはねえかい」

所化は困惑を浮かべ、言葉を途切らせていたが、

「はい、実は……」

「貸してたんだな」

左内が勢いづくと、所化はうなずき、

「御布施《おふせ》も思うように集まらなくなり、活計《たづき》に大変困窮致しました。そこへある御方が見えられて、月に一度奥の間を貸してくれないかと。借賃は一両だと申すものですから、和尚様と拙僧《せつそう》が相談致し、お貸しすることに」

「誰でえ、そのある御方ってな」

所化は迷い、懊悩《おうのう》する。

「はて、申し上げてよいものかどうか……」

「言ってくれねえと困るぜ。こちとら伊達《だて》にこいつを持っててんじゃねえんだ」

帯の間の十手をこれ見よがしにすると、所化は目を慌てさせ、

「も、申し上げます。梵天屋《ぼんてんや》さんと申す築地《つきじ》辺りの仏具屋さんでございます」

まさかおのれの口から梵天様とは言えないだろうし、築地へ調べに行ったところで、
そんな仏具屋はないはずだ。

「そりゃどんな男なんだ」

「結構なお年のご立派な御方でございます。怪しい点は何もございませんでした。それがそのう……」

所化が言い淀《よど》む。

「どうしたい」

「この半年ほど、月に一度梵天屋さんが見えられ、その後にいろんな客と奥の間で面談しているのですが、しだいにそれがうさん臭いものに」

「どううさん臭いんだ」

「一度拙僧が座敷の前を通り、なかの話し声を耳にしたことが。そこで聞いてしまったのでございます」

「何を聞いた」

「その時は青磁《せいじ》小鉢《こばち》の話をしておりました。渡来もののなんとか申す由緒《ゆいしょ》あるもので、梵天屋さんと客の商人が値段の交渉をしておりました。その金高が二百両と聞いて驚いたのでございます。つまり梵天屋さんはこの寺を利用して、いかがわしい闇の商売をしているのではないかと」

「梵天屋に文句は言ったのかい」

「いいえ、滅相《めっそう》もない。そんなことをしたら月に一両の実入りがなくなってしまいます。和尚様には知らせませんでした」

「今月にへえって闇の商売はあったのかい」

そう聞かれると、所化たちがざわめいた。

「どうなんだ、あったのか」

「はい、昨夜」

所化が再び答える。

「ゆんべはどんな商人が来た」

「女の人でございました、商人とは思えませんでした」

小雪太夫のことを言っているに違いない。

「その女は何を商《あきな》いに来たかわかるか」

「品物などは知る由もありませんが、その後で商談は破談になったようで、少しばかり揉め事になったのでございます」

「どんな揉め事だ」

「刃傷沙汰《にんじょうざた》に及んだらしく、叫び声や血が飛び散っておりました」

「死人は出たのかい」

「いいえ、誰も死んだ人は。あまりに怖ろしくて、庫裡の一室に皆で閉じ籠《こ》もっておりました。ですから争いそのものは見てないのでございます」

　左内は寺を辞し、弥蔵と共に元来た道を戻って行く。

「密書をめぐって小雪太夫と梵天の野郎が争いになった。そう見て間違いねえようだな」

「ああ、そうだろう。問題は密書がどっちの手に渡ったかだ。こいつぁ表の連中にゃわからねえ裏の争いよ。面白くなってきたじゃねえか、昼行燈の旦那」

「ここで昼行燈の名を出すな」

　左内が舌打ちしておき、

「おい、どうすりゃいい、おめえならどうする、言ってみろ」

「くわっ、偉そうに」

「このところ上月景虎は鳴りを潜めているようだが、どうなってるんだ」

「動き廻っちゃいるがよ、表立っては何も。おれが知りてえな、上月と赤雪のお松がどうつながっているかだ。敵同士なのか、仲良しなのか、何やらぷんぷん臭《にお》うじゃねえか」

「待てよ、おれにゃ何も臭わねえぞ」

　何も答えず、弥蔵はずんずん歩いて行く。

「おい、待て、おれの聞いてることに答えろよ、この盗っ人野郎」

ほざきながら左内が追った。

七

草木も眠る丑三《うしみ》つ刻《どき》である。

大戸が下ろされ、人っ子一人、猫の子一匹居ない大通りに、不穏に蠢《うごめ》く無数の人影があった。

銀次を束《たば》ねとした十人余の赤雪一派、そして敵対するのは九州三を先頭にやはり十人余の梵天様一派だ。九州三は小雪に刺された片目に、刀の鍔《つば》の眼帯をしている。

どちらも睨《にら》み合い、走り廻り、獣のように虎視《こし》眈々《たんたん》と隙《すき》を狙っている。

夜風がごわっと怖ろしい音で唸《うな》り、月が雲間に隠れた。

それを汐《しお》に、闘いの火蓋《ひぶた》が切って落とされた。怒号《どごう》は一切発さず、みなぎる殺意を爆発させて激突した。白刃と白刃が闘わされ、非情な金属音が鳴り響く。

一軒の商家の屋根に張りつき、弥蔵が見守っていた。左内には知らせておらず、ゆえに彼の姿はない。

肉が斬《き》られ、骨が砕かれ、血汐が洪水のように噴出した。二十人余の男たちの激闘は筆舌《ひつぜつ》に尽くし難く、凄惨《せいさん》を極め、やがて阿鼻叫喚《あびきょうかん》の坩堝《るつぼ》となった。逃げる男の背が逆袈裟《ぎゃくけさ》斬《ぎ》りにされ、身は二つになった。首が斬り落とされ、血は火《ひ》の見櫓《みやぐら》まで飛んだ。

それでも住人は何も知らず、何も聞こえず、惰眠《だみん》を貪《むさぼ》っている。

銀次が九州三を追い詰めて鍔《つば》競《ぜ》り合《あ》いとなった。勝敗は明らかだった。銀次の長脇差が九州三の残った片目を突いたのだ。

「ぐわっ」

両目が見えなくなり、方角がわからなくなってさまよう九州三の腹を、銀次の白刃が刺し貫いた。

その銀次の背後に男二人が忍び寄り、体当たりで白刃をぶち込んだ。

「ううっ」

叫んだ銀次が躰《からだ》の向きを変え、長脇差で二人を斬り裂いた。

よろめく足取りで、銀次は路地へ逃げ込むも、その前にぬっと立ったのは弥蔵だった。

銀次が見上げて驚く。

「お、大鴉の親方」

「こんな所でおめえに会うとはなあ。赤雪に草鞋《わらじ》を脱いでいたのかい」

何年か前に、同業の銀次とは顔見知りだった。

「助けてくれねえか、親方」

「おめえのお頭《かしら》はどうしたい。手下どもに闘わせといて、どっかで高みの見物でもしているのか」

周辺を見廻しながら言った。

「いいや、お頭はここにゃ来ねえ。違う所に居るんだ」

「そりゃどこだ」

「悪いにゃ親方にゃ言えねえ」

「こんな所でくたばりてえのか、言えばおれが手当てをしてやらあ。助かりてえんだろ」

「く、苦しい、なんとかしてくれ」

出血がひどく、銀次は悶《もだ》え苦しむ。

その様子を冷やかに見ながら、弥蔵がしゃがんで囁《ささや》いた。

「なあ、銀の字よ、言えば助けてやるって言ってるんだ」

「姐さんは、姐さんは……」

銀次は弥蔵の耳にだけ聞こえる声で何事か明かし、息絶えた。

無表情に銀次に拝み、弥蔵はすっくと立ち上がった。

八

昨夜のうちに弥蔵から盗っ人同士の殺戮《さつりく》を知らされ、翌朝になって左内は逸早《いちはや》く現場へ赴《おもむ》いた。役人はまだ誰も来ていなかった。

自身番の裏手が空地になっており、筵《むしろ》の上に盗っ人の手下たちの死骸《しがい》は横たえられていた。銀次も九州三も仏になって並んでいる。

よく日が当たり、蠅《はえ》が飛び交っている。

自身番の家主《いえぬし》や店番《たなばん》から昨夜の状況説明を聞きながら、左内は死骸を数えていたが、

「七人たぁすげえ数だな、実際にはもっといたんじゃねえのか」

左内の問いに、家主が答える。

「夜更けなので、争っているところは誰も見ておりません。火の番の父《と》っつぁんが気づいた時には、十人以上が逃げて行ったと。そいつらも深手《ふかで》を負って、尋常な有様じゃなかったそうです」

「ああ、ここへ来る途中の道端にゃ至る所に血が飛び散っていたぜ」

「この人たちはいったいどこの誰なんでしょうか」

家主は不審がる。

「この面構えや彫物《ほりもの》を見りゃわかるだろ、とても堅気とは思えねえぜ」

そこへ同役の田鎖猪之助と弓削金吾が、奉行所小者を大勢引き連れて馳《は》せつけて来た。

酸鼻《さんび》を極めるその状況に、二人は不快に顔を歪《ゆが》め、鼻を手拭いで覆《おお》って、

「これは、なんとしたことだ」

弓削が言えば田鎖もうなずき、そこで突っ立っている左内に気づいて、

「これは驚きだ、布引殿、お早いではござらんか。どうして事件をお知りになられたか」

「あ、いやいや、たまたまこっち方面に出向いていたものですから、それが幸いでした」

「仏はどういう連中だと思われますかな」

弓削に問われ、左内はしかつめらしい表情を造って、

「長脇差を持っているところを見ると、恐らく堅気ではなく、盗賊の類《たぐい》ではないかと。つまり盗っ人同士の争いではありませんか」

「おお、なるほど、では詳しく調べてみると致そう」

田鎖が弓削をうながして死骸に屈み、

「あ、布引殿はもう結構ですぞ。後はわれらにお任せを」

「そうですか、それは助かります。何分こういうことには馴《な》れておらぬものですからな」

左内が臆《おく》した声で言う。

「いやいや、どうかご無理なさらずに」

弓削がよそよそしく言い、左内は「ではお言葉に甘えることに」とかなんとか言い残して、そそくさと立ち去った。

田鎖がその後ろ姿を見送り、

「ふん、あの昼行燈めが」

「左様、居て貰っても無駄にうろつくばかりでなんの役にも立たぬからな。ここはわれらでなんとかせねば」

「大八車が幾つかいるぞ、骸《むくろ》を大番屋《おおばんや》へ運んでつぶさに吟味せねばならん」

九

機織の作業に休みなど与えられず、額に汗して働いていると、ひっきりなしの筬《おさ》の音に代って、餅《もち》を搗《つ》く杵《きね》の音が聞こえてきた。

（餅が食える）

嬉《うれ》しくなったところで、小夜は目覚めた。

すぐ目の前に、心配そうに覗き込むお雀《すず》の顔があった。

「まあ、お雀さん」

「いい夢を見ていたのね」

「どうしてわかるの」

「だって眠りながら頬笑《ほほえ》んでいたから」

小夜は苦笑する。

「御免ね、お雀さん、すっかりお世話になってしまって」

「いいのよ、気にしないで」

「あたし、病気なんでしょ」

「う、うん」

「両国で気を失ったところまでは憶《おぼ》えてるけど、その後がはっきりしないの。お雀さんにご飯を食べさせて貰ったかと思うと、またすぐ眠ってしまって。千吉さんの声も聞いたような気が」

「千吉さん、働きに行ってるわよ」

「なんの仕事？」

「車力じゃない」

「あ、そうだった。ここはお雀さんの家なのね」

「そうよ、女の独り住まいをしているの」

小夜は家のなかをぼんやり見廻し、

「ゆくゆくあたしもこういう家に住みたいなあ」

小夜の余命は限られているから、それはないと思うが、お雀は沈みかかる気持ちを鼓舞《こぶ》するようにして、

「よくなったら一緒に家を探しに行こうね」

「うん、あ、それと……」

「何」

「あれはどうなったの」

「えっ」

「密書よ」

「どっかへ行っちまったままよ。千吉さんとも話し合ったんだけど、密書のことはも

う忘れることにしたの」

「駄目よ、あれが手に入れば金持ちになれるのよ」

「だから、それはもうどうでもいいって」

「でもう……」

　小夜は思案をめぐらせ、

「布引様が取り返してくれるかしら」

「旦那も言ってるの、密書はなかったことにしようって」

「ふうん……じゃあたしと千吉さんはこれからどうなるの」

「どうにもならないわ、あんたはともかく、千吉さんは大した罪を犯してないんだし。何も心配することはないのよ」

「あたしは償《つぐな》わなくちゃいけないわ、人でなしなんだから」

「病気が治ったらそうすればいいわ」

「いつ治るの、あたしの病気」

「そ、それは……」

　お雀が言葉に詰まった。

　小夜は不意に半身を起こし、

「こうしちゃいらんないわ、お雀さん」

「何をするつもりなの、寝てなくちゃいけないわ」

「千吉さんに働かせて、あんたの世話になりっ放しで、のうのうと寝てなんかいられないでしょ」

「だからって起きて何する気なの、もう密書のことは諦《あきら》めることにしたのよ」

「だって、お雀さん……」

お雀が小夜をなだめすかして寝かしつけ、

「今は余計な心配しないで。元気になったらいろいろ働いて貰うから」

そこへ折詰《おりづめ》をぶら下げた左内が、油障子を開けて入って来た。

「よっ、あんべえはどうだ、小夜」

暢気《のんき》な風情《ふぜい》を装いながら、左内はすばやく血色のよくない小夜の様子を視野に入れる。

「布引様、ご面倒をお掛けして」

また起き上がろうとする小夜を、お雀は押さえて、

「旦那、小夜さん今日はとても元気なのよ」

「そうかい、よかったな」

左内は小夜の枕元《まくらもと》に座し、

「おめえにうめえもんをと思って、ちらしを詰めて貰って来たぜ。腹減ってたら食えよ」

「ご馳走《ちそう》になります」

小夜がまた半身を起こし、お雀が台所で茶の支度を始める。

「布引様、密書を奪った悪い女は見つかりましたか」

小夜の問いに、左内は曖昧《あいまい》にうなずき、

「まっ、今やってるとこでよ、おめえはもうそんなこと気にするなよ。病いを治す方が大事じゃねえか。医者は風邪《かぜ》をこじらせたみてえだと言ってるぜ」

「ええ、はい」

茶が出て、小夜は折詰を開け、お雀にも勧め、二人してちらし鮨《ずし》を食べる。束の間安堵の目になり、左内はそれを見ている。

「旦那、変なんですよ、小夜さんたら。夢を見ながら笑ってるの」

「おれが夢に出てきてついつい笑っちまったんじゃねえのか。この通りの馬面だからよ」

「違いますよ、雁治屋の頃《ころ》のことが夢に出てきたんです」

左内とお雀が聞き入る。

「正月だけ喜和蔵旦那が餅搗きをして、みんなに出来立ての餅を振る舞ってくれたんですよ。それがとっても嬉しくって、おいしくって。でもその旦那をあたしは……」

悲痛に顔を歪め、小夜は泪する。

「今思えば喜和蔵旦那に申し訳なくて」

「小夜、もう過ぎたことじゃねえか。今さら悔やんでも始まらねえぜ」

「あたし、もう少し元気になったら自訴《じそ》します。付き添って下さいね、布引様」

「ああ、もちろんだ。それまでよく休んでおくんだな」

「はい」

お雀が左内に目で合図し、表へ出て行き、ついて来た左内に囁く。

「駆けずり廻った甲斐《かい》があったわ、旦那。本所で一番の先生が小夜さんを診てくれることになったの。患家を廻ったついでにここにも寄ってくれるそうよ」

「そいつぁ何よりだ。ひと安心だな」

「本当のこと言うと、そうでもないわ」

「あん？」

「もうあの人の蠟燭《ろうそく》の灯は消えかかってるような気がする」

「そんなこと言うなよ、おめえ。希みは捨てちゃならねえんだぞ」

「気休めはよそう、旦那。倒れてからずっとそばで見ているから、あたしが一番よく知ってるのよ」

「もう助からねえってか……」

暗然となり、左内は落ち込む。

「ねっ、そっちはどう？　密書の探索。旦那が何も言ってくれないからやきもきしてるのよ。ちゃんとやってるの」

「おれが何もしねえでいると思ってんのか。あっちこっち忙しくって、寝る間もねえくれえなんだ」

「奥方や坊っちゃまは元気？」

「つまらねえこと聞くんじゃねえ。田鶴も坊太郎もぴんぴんしてらあ。それじゃおれぁ行くぜ」

小夜を頼むと言い残し、左内は去った。

十

日の暮れを迎える頃、竹本座座頭《ざがしら》の竹本焉太夫《えんだゆう》は、両国広小路の裏通りをほろ酔いの足取りで歩いていた。身装《みなり》はよく、紬《つむぎ》の羽織《はおり》を着ている。

すると横合いから小雪が現れ、焉太夫の前に立ち塞《ふさ》がった。

焉太夫は驚きの顔で立ち止まる。

「宵《よい》の口《くち》からご機嫌じゃござんせんか、お師匠さん」

「お、おまえ……」

絶句し、とっさに考えめぐらせ、

「いったいどういう心積もりなんだ。不意に居なくなるから、小屋は開けられなくなっちまったんだぞ」

小雪は不敵な笑みを浮かべている。

「さあ、どう釈明する、戻る気にでもなったのかね」

「もうあそこには戻りませんよ」

「どうしてだ、なんぞ文句でもあるのか」

「あたしを騙《だま》してぶん取ったもの、返してくれませんか」

「なんの話をしてるんだ」

「おまえさんの家を家探ししたけど見つかんなかった。やい、肌身離さず持ってんだろ」

凄味《すごみ》を利かせて言った。

「正気なのか、小雪。誰にものを言ってるかわかってるのか。わたしはおまえを拾ってやった恩人なんだぞ」

「拾ってくれたことには感謝している。元々の義太夫語りが、どうしても舞台の味が忘れらんなくて、上方から帰ってすぐにおまえさんの門を叩《たた》いた。それで快く迎えられて、小雪太夫としてあたしは人気者になれた。おまえさんのお蔭さ。ところが……」

焉太夫が暗く、重い表情になる。

「あたしとおなじようにおまえさんが二つの顔を持っていたとはねえ。なんの因果《いんが》がめぐったのか。それを知った時はぞっとしたよ」

焉太夫は押し黙っている。

「梵天様とやらがおまえの裏の顔なんだ」

「……」

「違うとは言わせないよ。もうわかってるんだ。安楽寺じゃすっかり騙されたけど、裏の裏を辿ってったらおまえが梵天だということがわかったのさ。しらを切っても無駄だよ」

焉太夫は開き直ったようなうす笑いで、

「大石内蔵助の密書があるってんで、あたしは胸躍らせて待っていた。そうしたらおまえが現れた。あの時の驚きはなかったねえ。けどおまえがあたしの手下どもを蹴散らせて逃げきったと聞かされて、只者じゃないことがわかった。おまえの正体はなんだね」

「あんたのご同業さね」

「なんだって」

「通り名を赤雪のお松って言ってね、五、六年前までは小娘ながら江戸の闇を跋扈《ばっこ》していたんだ。詮議が厳しくなったんで一時上方に逃げていたのさ」

「なんだい、そんなことかい。だったら話は早いじゃないか。あの密書はあたしが人気者にしてやったお礼返しってことにしないか。そうすればおまえを咎《とが》めないよ」

「冗談じゃねえや、この老いぼれが。そんな申し出は呑《の》めねえな」

男言葉になって、小雪が言い返した。

「だったらどうする、このあたしに手出しはさせないよ」

静かに言いながら、焉太夫がふところから匕首を抜いた。

怯《ひる》むどころか、小雪はぐいっと近寄り、

「よう、密書を返さないとあの世行きだよ」

「ほざくんじゃない」

焉太夫が斬りつけた。

それより早く、小雪が抜き放った匕首で焉太夫の首根を斬った。夥しい鮮血が迸《ほとばし》る。

「うっ」

呻いて立ち尽くす焉太夫に、小雪がすばやく寄ってふところに手を差し入れ、油紙に包まれた密書を奪った。崩れ落ちる焉太夫をそのままに、小雪は密書の中身を改める。本物だった。それを胸の奥深くに収める。

「これでいいのさ」

すばやくその場を離れ、歩きだす小雪がぎくっとした目で歩を止めた。

一文字笠の弥蔵が立っていたのだ。

「誰だい、おまえさん」

小雪が油断なく身構える。

「大鴉の弥蔵ってもんだ」

「ええっ、あんたが……」

弥蔵の名は知っているらしく、小雪が動揺する。

「その密書をこっちへ寄越《よこ》しな」

小雪はとっさに胸許《むなもと》に手をやり、

「あたしのこと、どうして知ったんだい」

「おめえの手下の銀次が今際《いまわ》の際《きわ》に教えてくれた。お頭は竹本焉太夫こと梵天の野郎に会いに行くとな」

「この密書、どうするつもりなのさ」

「けえすべき人にけえす、ただそれだけよ。そんなものが巷《ちまた》に出廻ってるのが災いの元なんだ。密書を火にくべて、供養《くよう》してやらなくちゃいけねえと思ってるぜ」

「このお宝を火にくべるだって？　冗談じゃないよ」

小雪が目を尖らせる。

「いいか、よっく聞け。こいつぁ大石内蔵助様にとっても恥なんだ。この世に残しておきたくねえはずよ。だから燃やしてくれたら有難えと、大石様ご本人がおれの枕元に立って礼を言うかも知れねえな。さあ、こっちへ渡しな、赤雪のお松よ」

じりっと弥蔵が近づくと、小雪はすばやく後ずさり、匕首を抜いて、

「やれるものならやってご覧」

「威勢のいい娘だな」

いきなり小雪が匕首を閃《ひらめ》かせた。その切っ先鋭く、一文字笠が切り裂かれ、弥蔵は思わずたじろいだ。その隙に小雪は身をひるがえした。

「くそっ、あの阿魔」

弥蔵が笠を放《ほう》ってしゃかりきで追った。

ところが路地を曲がると、すでに小雪は忽然《こつぜん》と消えていて、何人かの子供たちが釘《くぎ》で地面に悪戯書《いたずらが》きをしていた。

「おい、おめえら」

弥蔵の怒声に、子供たちは怯《おび》える。

「今ここに女が逃げて来なかったか」

「あっちへ行った」

子供の一人が大通りの向こうを指した。

「なんてこった」

弥蔵が切歯し、走って大通りへ飛び出す。

夕暮れのそこには大勢の人が行き交っているが、もはや小雪の姿はない。

おのれの手抜かりに、弥蔵は臍《ほぞ》を噛む思いで立ち尽くした。

十一

上月景虎が夜具を剝《は》ぐと、全裸の痩《や》せた少女が目を閉じ、両手で乳を隠して横になっていた。

少女はまだ十二、三で、陰毛は薄く、秘部が見えている。

ふだんは鬼の上月が、この時ばかりは柔和《にゅうわ》で好色な笑みになり、

「このわしに逆らうなと、言い含められているな」

少女が瞑目《めいもく》したままでこくっとうなずき、

「旦那様の好きにして下さいまし。売られた身ですから」

諳《そら》んじた言葉を、大人びた口調で言った。

「それでよい。わしの眼鏡《めがね》に適《かな》わばもっと金をくれてやる。おまえ次第なのだ」

「やさしくして下さいね」

「よかろう」

上月が着物を脱ぎ、下帯一つの姿になって少女に身を重ねた。上月は筋骨の発達した岩のような躰《からだ》をしている。

そこは上月の妾宅《しょうたく》の一つで、家具調度は贅《ぜい》を凝《こ》らしたものが並んでいる。

夜の雨が降ってきて、屋根瓦《やねがわら》を打つ音が聞こえてきた。

少女の唇を吸い、未熟な乳を弄《もてあそ》ぶうちに上月の男が怒張してきた。秘部に手を差し入れると、微《かす》かに濡《ぬ》れ始めている。

だがそこで上月は獣のような鋭い目になった。あらぬ方へ視線を走らせる。

少女は気づかぬが、隣室に人が居るのだ。

昂《たかぶ》りだし、夢見心地の少女を揺り起こす。

「おまえ、ちと席を外せ」

意味がわからず、少女はぼんやり上月を見ている。

「奥の座敷へ行っていろ、すぐに呼び戻す」

上月の語気が強いので、少女は怯えた顔になり、脱ぎ捨てた着物を身に纏《まと》い、急いで寝所から出て行った。

「入って来い」

隣室に声を掛けると、唐紙《からかみ》を開けて小雪が入って来た。

「お盛んですこと」

「どうした」

「例の密書、手に入ったんです」

上月が形相を一変させた。

「誠か、どこにある」

小雪は胸許を叩いてみせ、

「幾らで買ってくれますか」

「言い値で構わんぞ」

「それじゃ五百両、申し入れたいんですけど」

「何」

「と言いたいとこなんですけど、五百枚もの小判を持って帰るとなりゃ大変です。二百両に負けときますよ」

「ここにはないぞ」

「いいえ、有ります」

「なんだと」

「忍び込んで調べておきました。隠し棚に五百両見つけました」

「こいつ、盗っ人らしいな」

「盗っ人と承知であたしとつき合ってるんじゃありませんか。生き馬の目を抜くんです」

「わかった、では密書を見せろ」

小雪が油紙に包んだ密書を取り出し、上月がそれを手にしてなかを開いた。

「うぬっ、これぞまさしく」

「それをどうするつもりなんです」

「わかるまい」

「教えて下さいな」

「これを欲しがっている大名が居る。板橋宿の手先が、手に入れたと聞いた時は夢かと思ったわ。しかしそ奴めがなかなか譲らず、わしに買い取ってくれと申してきた。腸《はらわた》が煮えくり返ったぞ」

「それがなぜか人の手から手に渡って、沢山の血が流れた。あたしが旦那に頼まれた時には誰が持っているやらわからず、途方に暮れましたよ」

「帳尻《ちょうじり》が合えばよいのだ。一緒に来い、金をくれてやる」

「へえ」

上月が立ち、小雪がしたがった。

するといきなり上月は床の間へ走り、刀架《かたなか》けから大刀をひっつかみ、抜刀して小雪めがけて白刃を振るった。一瞬の出来事だ。

それより早く、小雪は匕首を抜いて上月に突進していた。

「くっ」

腹を刺された上月がぎらっと目を剝《む》く。

「おまえさんの魂胆《こんたん》なんてとっくにお見通しさ」

「こ、この莫連《ばくれん》が」

上月が踏んばり、凄《すさ》まじい膂力《りょりょく》で小雪の首を絞める。小雪は顔を真っ赤にさせながら、さらに匕首を抜き、上月の胸を刺した。

「くたばりやがれ、このくそ役人」

吼《ほ》え立てた小雪が悲鳴を上げた。

上月の大刀が小雪の首を斬り裂いたのだ。

二人は血達磨《ちだるま》になって倒れ、転げ廻る。それでも必死の殺し合いは止まらず、畳を這《は》って醜い争いはつづいた。やがてどちらからともなく息も絶えだえとなり、力尽きて動かなくなった。両者の呻き声だけが聞こえるも、やがてそれも切れぎれになってきた。

静寂《せいじゃく》が戻ったところで、庭に面した障子がそっと開けられ、左内が履物《はきもの》のままで入って来た。

唖然《あぜん》として見廻すも、すでに上月も小雪も死に絶えている。

「やれやれ、なんとまあ……あたしのやることはねえじゃねえか」

血塗《ちまみ》れの密書を拾い上げ、ふところに収めて、

「まっ、悪党同士だからしょうがねえと言やあしょうがねえやなあ。南無三《なむさん》、成仏してくんな」

二人へ拝み、庭へ出て消え去った。

十二

大野八兵衛の長屋に、左内と巨勢掃部介《こせかもんのすけ》が来ていて、密書が差し出された。

「おおっ、これは……忝《かたじけな》い、なんとお礼を申したらよいのか」

八兵衛が感謝の目で密書を手に取り、

「さすがでござるな、巨勢殿」

「いや、なんのこれしき。奉行所が総力を挙げて大野殿のご期待に添えるよう、尽力致した賜物《たまもの》にござる」

「巨勢殿、ちと恩きせがましくはございませんかな」

左内が控えめながら、苦言《くげん》を呈《てい》する。

「そんなことはないぞ。わしがどれだけ骨を折ったか」

「骨を折ったのはわたくしめでございます」

「そ、そうであったかな」

巨勢は誤魔化《ごまか》し笑いで、

「まっ、それにつけても大野殿、無事に戻ってよかった」

「はっ、ご厚情痛み入ります」

「して大野殿、密書は如何《いかが》なされるご所存ですかな。それを知りとうござる」

左内が真剣に問うた。

「は、はあ……よくよく考えたのですが、これのために様々な人にご迷惑を。持っていても災いを及ぼすばかりで、なんの役にも立ち申さん。いっそ焼却してしまおうかと」

「いや、それは待たれい、ならばお上へ献上し、紅葉山文庫《もみじやまぶんこ》にでも所蔵致した方が。何せ大野殿、大石内蔵助殿のご直筆なのですぞ」

巨勢が反対する。

「はあ、それはそうなのですが……」

迷う八兵衛に、左内が口添えして、

「大野殿、やはりそれは焼却なされた方がよろしいかと。災いうんぬんよりも、あの世におわす大石殿ご本人が抹消《まっしょう》を願っているやも知れませぬ」

「布引殿もそう思われるか」

「はっ」

「しかし左内、折角の価値あるものをふいにしてよいのか。こんなものは二度と現れぬのだぞ、わかっているのか」

「よいのですよ。これは密書でありながら亡霊《ぼうれい》に等しきもの、安らかに眠って頂いた方がよいのです」

「布引殿、よくぞ申された。決心がつきましたぞ」

「はっ、それは重畳《ちょうじょう》」

左内が言って視線を流すと、巨勢は憤懣《ふんまん》やる方ない表情でぷいっと横を向いた。

十三

小夜の死は急だった。

お雀が朝起きてみると、小夜は眠ったままで息を引き取っていたのだ。静かな死に顔だった。

左内、お雀、千吉で小夜を荼毘《だび》に付し、ねんごろにとむらってやった。

火屋《ひや》（焼き場）の帰り道、三人で茶店に寄って甘酒を飲んだ。味などしなかった。

「やるせねえなあ、これでいいのかよ」

左内がこぼすと、小夜の骨壺《こつつぼ》を抱いたお雀は泪を拭《ぬぐ》いながら、

「仕方ないわ、小夜さんの運命なのよ。仮に生きてたって島暮らしでしょ。それだってつらいわ」

「そうなったらあっしゃ一緒に島に行くつもりでおりやした。島での暮らしについて、いろいろ考えてたとこだったんです」

「千吉さんのこと、小夜さんは本当に好きだったのよ。夫婦になることばかり願って、でも罪を犯したからそうはいかないって、随分悩んでいた」

「あっしだって小夜に負けねえくらい……この先どうやって生きてったらいいのか、目の前が真っ暗でさ」

「前に進むしかあるめえ、千吉」

励ます口調で左内が言う。

「え、けどあっしぁよくねえことを」

「いいんだよ、そんなこた屁《へ》でもねえ。小夜のことは忘れて、しっかり生きてくんだ

ぜ」

「へっ」

「この際だ、おめえも身を改めるんだな」

お雀が仰天《ぎょうてん》して、

「な、なんであたしが。何も悪いことなんてしてないわよ」

「おめえは大食いの罪を犯している。そこを治さねえことにゃ嫁入りは無理だ」

「どうしてそういう話になるの、旦那の気が知れない。人が信じられなくなりそうだわ」

「うへへ、なーんちゃってな、ちょっとからかっただけじゃねえか。そうとんがるなよ」

「ううん、今の言葉には本音が含まれてる。あたしのことそんな目で見てたのね。大食い娘だって」

「いや、つまりその、もう少し細くなった方がよくねえかと、おれぁそれを言いたかっただけよ」

「な、なんでよ、あたしはそんなに肥《ふと》ってないわ。そう思わない？　千吉さん」

「あ、いえ、あっしの口からは」

千吉はしどろもどろだ。

「ええっ？　嫌だ、千吉さんもそう思ってるの」

「おい、千吉、そろそろ行こうぜ」

「へい」

左内が千吉をうながし、逃げるように席を立つと、怒り心頭《しんとう》のお雀が後を追った。

だがよろけて杖を忘れているので手にし、行きかけるも、今度は骨壺を忘れたから自分で自分に腹が立ち、悲鳴を上げんばかりにして二人を追いかけた。

空はこよなく晴れ、佳《よ》き日であった。

本書はハルキ時代小説文庫の書き下ろしです。

文小時
庫説代

わ 2-22

人《ひと》でなしの恋《こい》 布引《ぬのびき》左《さ》内《ない》影《かげ》御《ご》用《よう》

著者　和《わ》久《く》田《だ》正《まさ》明《あき》

2019年5月18日第一刷発行

発行者　角川春樹

発行所　株式会社 角川春樹事務所

〒102-0074 東京都千代田区九段南2-1-30 イタリア文化会館

電話　03(3263)5247[編集]　03(3263)5881[営業]

印刷・製本　中央精版印刷株式会社

フォーマット・デザイン＆シンボルマーク　芦澤泰偉

ISBN978-4-7584-4253-4 C0193

http://www.kadokawaharuki.co.jp/[営業]

fanmail@kadokawaharuki.co.jp[編集]　ご意見・ご感想をお寄せください。

和久田正明の本

死なない男・同心野火陣内

シリーズ（全十巻）

①死なない男　⑥幻の女
②月夜の鴉　⑦赤頭巾
③狐化粧　⑧女義士
④嫁が君　⑨鬼花火
⑤虎の尾　⑩なみだ酒

型破りな同心が活躍する、
痛快時代活劇！

時代小説文庫